異世界の沙汰は社畜次第

教会運営支援計画

2

八月 八
YATSUKI WAKATSU

画：大橋キッカ

CONTENTS

ISEKAI NO SATA HA SYA-CHIKU SHIDAI 2

KYOUKAI UNEI SHIEN KEIKAKU

CHARACTER INTRODUCTION

アレシュ=インドラーク

侯爵家子息で「氷の貴公子」と呼ばれた第三騎士団騎士団長。天才がゆえに何事にも無関心だったのが、誠一郎と出会ってから一転、過保護に変貌を遂げた。

近藤誠一郎

聖女召喚に巻き込まれて異世界転移した社畜。働き始めた「経理課」で手腕を発揮したが、異世界の空気が合わずすぐ弱るので、常にアレシュに面倒を見られている。

セリオ

王都の教会で誠一郎の案内役となった修道士見習いの庶民出の少年。最初は「聖女のオマケ」の誠一郎に突っかかってくるが憎めない素直な性格。

シーグヴォルド

誠一郎の出向先である王都の教会で司祭を務める。アレシュと同じ紫色の瞳でどこか似た雰囲気を持つ。信心深く真面目で知性を感じさせる聖職者。

ノルベルト・バラーネク

経理課の部下の「チャラ男」。実は王様の実子であるが、王位継承権はほぼないに等しい。アレシュと誠一郎の関係を微笑ましく思いながら観察している。

カミル=カルヴァダ

ロマーニ王国の最高権力者ともいえる冷徹で切れ者の宰相。「社畜」の誠一郎を気に入り、なにかと重要案件を押し付けてくることが多い。

プロローグ

近藤誠一郎《こんどうせいいちろう》、三十歳の目覚めは良い。

不眠とは縁がなく、布団に入ったらすぐに寝て、アラームをセットした時間よりも早く目が覚める。ただ、それに体が付いてこられずに、なかなか起き上がれないというだけだ。人はそれを「寝起きが悪い」と呼ぶのかもしれない。しかし脳は起きているのだ。だから自分は目覚めが良い、と誠一郎は自負していた。

異世界に来てからも同じだ。

休日出勤の帰りに、地面に吸い込まれていく女子高生に手を貸して、巻き添えで異世界に拉《ら》致《ち》……召喚《しょうかん》されたあの日からも。

国に生活の保障《ほしょう》はされながらも、仕事を求めた誠一郎が就《つ》いたのは、前職を活《い》かした王宮経理課。実にホワイト……というかほぼ内容のない職場だった。

しかし誠一郎が自主的に仕事を増やしたのと、異世界の魔素《まそ》と呼ばれる空気が合わなかったせいで体は弱っていった。

そして生死の境《さかい》をさまよう羽目《はめ》になったのだが、運良く親切な人に助けられた。

さらにその親切な人にそれからも体を気遣《きづか》われ、助けてもらい健康になった誠一郎は……こうして変わらず目覚めの後もベッドから起き上がれずにいた。

親切な人……もとい、ロマーニ王国侯爵家《こうしゃくけ》子息にして第三騎士団騎士団長・アレシュ＝インドラークの腕に拘束《こうそく》されて。

カーテンの隙間《すきま》から差し込む光が照らす室内を、誠一郎は動かない体でぼんやりと眺《なが》めた。もはや見慣れた落ち着いた緑の壁と艶《つや》やかな木目のサイドボード。見慣れたは言いすぎかもしれない。この部屋で暮らすようになって二週間だが、やはりまだ、違和感は残る。サラサラの肌触りのシーツと、軽い羽毛の布団、そして目前の整いすぎている男と自分の肩に回された筋肉質な腕に対して。

「……起きたか」

いつもよりも少し低い寝起きの声がして、長い睫毛《まつげ》に縁どられた紫の瞳がゆっくりと開いた。緩慢《かんまん》な動きで、骨ばった指に前髪を払われる。

「アレシュ様……なぜ毎日私のベッドに入ってくるんですか」

指で耳に髪を掛けられ、そのまま顎筋《あごすじ》までなぞられながら、誠一郎は憮然《ぶぜん》と尋《たず》ねた。

半ば強制的に同居に至った誠一郎とアレシュだが、個人の部屋はそれぞれある。ただ寝室が繋《つな》がっており、その扉の鍵《かぎ》はアレシュが所有していた。何度も抗議《こうぎ》したが、家主はアレシュのため、いまだ出入りはアレシュの意思次第となっていた。

夜遅くまで仕事をしていてベッドに放り込まれて眠るまで羽交《はが》い絞《じ》めにされることを数度繰《く》り返し、さすがの誠一郎も学び、日付が変わる前には大人《おとな》しくベッドに入るようになった。しかしそうなっても、朝目が覚めるとこの状態である。

いや、本当は分かっている。

異世界の魔素が合わずに弱る誠一郎に、アレシュが夜毎回復魔法を掛けてくれていることは。

そして魔力にも耐性がない誠一郎のために、こうして密着して魔力を馴染《なじ》ませてくれていることも。そもそも二人が親しく（？）なったキッカケがそれであったのだから。

差し入れでもらった魔素の多く込められた栄養剤を一気飲みして倒れた所に、偶然通りかかったアレシュが介抱《かいほう》した。それによって急性の魔力酔《よ》いを起こした誠一郎の命を救うために、一刻も早く魔力を馴染ませる行為……俗《ぞく》にいう性行為《せいこうい》までしてくれたのだ。

その後なんだかんだあって誠一郎の世話を焼くようになったアレシュは、目を離すとすぐに死にかける誠一郎を囲い込むために、家を買って同居にまで踏み切った。

ここまでしておいてなんだが、二人は恋人同士でもなんでもない。

最後までしたのだって、その栄養剤の件と誠一郎が逆恨《さかうら》みで騎士達に暴行を受けた時の二回だけだ。体内に精を注ぐという行為は、あくまでも性急に魔力を馴染ませるためであり、よほどの魔法……それこそ死にかけの魔力耐性のない人間を治癒した時くらいしか必要がない。

ゆえにそれ以外の多少の体調不良の回復、結界魔法を用いる時などは最後までせずとも済んだ。ようは接触して魔力を馴染ませれば良いのだから。その点では誠一郎も悪いとは思っているので、なるべく奉仕《ほうし》するようにはしている。

アレシュからある種の感情に似たものを向けられていることは気付いているし、アレシュの方も自覚してからはそれを隠そうとはしていない。

誠一郎自身も答えを出すべきなのだろうが、何しろ現状、アレシュの庇護《ひご》を失くせば誠一郎はうっかり死ぬ可能性がある。異世界に来て二ヵ月半、アレシュ監視のもと少しずつ魔素にも慣れてきたし、医局との繋ぎもできたし、公式に国からの保護も受けられるようになった。しかし医局で体調をチェックしながら、耐性に気を付けるとなるとかなりの労力と時間を使う。効率を重視する誠一郎としては、今手掛けている案件が片付くまでは自分の体調になるべく時間を割《さ》きたくない。

同じ理由でアレシュへの感情を考える余裕もないのだが、それも見越してこの八歳も年下の眉目秀麗《びもくしゅうれい》な騎士様は、切れ長の紫の瞳を細めて尊大な態度で言ってのけるのだ。

「その方が、効率的だろう？」

δδδ

書類の束を整え、一息ついたタイミングで横の席から声が掛けられた。

「セイさん、何か考え事ッスか？」

視線を向けると、相変わらず完璧《かんぺき》にセットされた金髪のノルベルトが、こちらを見て首を傾《かし》げていた。伯爵《はくしゃく》令息だが王宮経理課の課長補佐である誠一郎の直属の部下である。さらに言うと実は、現王の実の息子《むすこ》であるのだが、この辺はあまり気にしなくて良い。とにかく彼を表す言葉は一言「チャラ男《お》」で問題ない。

「……いや。それよりノルベルト、頼んでおいた書類はできたのか？」

頭を過《よぎ》る今朝のことを振り払いながら尋ねると、ノルベルトは人懐《ひとなつ》っこそうな顔をさらに破《は》顔《がん》させて紙の束を差し出した。

「バーッチリッスよ！　ほら！」

渡された書類を確認しながら、内心で感嘆《かんたん》した。やる気にムラはあるが、ノルベルトはコネ就職であると嘯《うそぶ》く割には意外と優秀だ。

「早かったな」

「セイさんに貰《もら》った道具のおかげで計算が楽になったッスからね！」

そう言って、ジャラッと音を立てて見せてくるのは、誠一郎が露店《ろてん》にいた少年に頼んで作ってもらったソロバンもどきだ。

「そうか……これならもう少し仕事を振っても大丈夫だな」

「うえっ!?　やぶへびだった!!」

以前は何でも自分でやっていた誠一郎だったが、最近は少しずつ、部下に仕事を振り分けることも覚えた。

そうでもしないとあの世話焼きの騎士様が、まだ仕事があるのに終業時間になると強制退社のお迎えに来てしまったり、持ち帰り仕事をしていてもベッドに放り込まれてしまって仕事が終わらない。

それに、誠一郎の推進している計画が大分進んできて、基礎もできてきた。いくつかの部署も絡《から》んでいることなので、一人で抱え込む訳にもいかない。誠一郎の悪癖《あくへき》を知っているアレシュが先手を打ったせいもあり、計画は順調に各部署に割り振られて進んでいる。

それでもやはり、全てを把握《はあく》して細部にまで目を光らせる誠一郎の社畜癖《しゃちくぐせ》は抜けず、他者と比較すると仕事量は多かったのだが。

ロマーニ王国に百年に一度の周期で訪れる瘴気《しょうき》被害。

その浄化《じょうか》と封印のための遠征《えんせい》は、三度の予定のうち二度行われ、成功した。

あと一回の浄化が成功すれば、とりあえずの瘴気被害はなくなり、各地方の凶暴化した魔《ま》獣《じゅう》の鎮圧《ちんあつ》と農作物被害の再生に着手できる。

そして瘴気がなくなれば、封印結界の監視員のための施設建設にも着手できる。

今現在は、少数の魔素耐性の強い者しか連れていけないので、二度の遠征では測量くらいしかできていないのだ。早めに浄化を済ませてほしいものだが、まだ第二回の遠征が終わったばかりで、国は大事をとって聖女を休ませたいと次回の日程は未定だ。結界があるとはいえ、時間は有限で遠征は有料なのだから、誠一郎的には近くの村に泊まってなんなら一回の遠征で終わらせたかったくらいだが、聖女の浄化遠征そのものにも付加価値があるようで、そうテンポ良くはいかないらしい。

あとは誠一郎達の帰還のために新しい転移魔法の研究を宮廷魔導課にさせる予算案だが、可決までもう少し掛かりそうだ。まぁこれは放っておいても、研究バカの宮廷魔導課副管理官が勝手に進めてくれてそうだが。

（帰還……か）

誠一郎が元の世界に帰る方法は、現状、ない。

しかし連れてこられたのだから、帰すことも理論上は不可能ではない。そのための研究を国を挙げて進めさせるために予算案も組んだし、国王からの了承も得た。

しかし帰るということは、やりかけの仕事……ではなく、アレシュの元からも去るということだ。

今のところ計画はおおむね順調だ。次の遠征もひと月以内には行けるだろう。

そろそろ、本気で考えるときが来ているのかもしれない。

誠一郎は一度ゆっくりと瞬《またた》きをし、再びペンを手に取った。

が、異世界はそう甘くなかった。

誠一郎は、宰相閣下《さいしょうかっか》に呼び出された執務室でそう思った。

第一章　出向しました

王城という場所は、王の住居であり、社交の場であり、行政の要《かなめ》であり、誠一郎《せいいちろう》達城勤めの官吏《かんり》の職場でもある。といっても、王族などが住んだり来客を迎える主塔とは離れた場所にある別棟が主な勤務場所だ。その中でも端の端である経理課から、中枢《ちゅうすう》部分に位置する宰相閣《さいしょうかっ》下《か》の執務室に呼び出された。

「わざわざ呼び出してすまなかったね」

相変わらず落ち着いた色合いのピンクブロンドをきっちりと撫《な》で付けた理知的な美丈夫《びじょうふ》がそう言って、執務机から立ち上がり誠一郎の正面のソファへと座った。もはや何度も訪れた、宰相の執務室の応接用のソファである。

「いえ」

短く応えて、出されたお茶を少し口に含む。渋みの薄い、誠一郎用のお茶だ。

仕事を中断するのは好ましくないが、この国の宰相を務めるカミル＝カルヴァダに呼び出されたとあっては無視する訳にはいかない。また、カミルもその部下も誠一郎のことを理解しているので、最初の頃のように急に呼び出されることもなくなったし、魔素《まそ》影響の低いお茶を出されるようになった。経理課副管理官でしかない誠一郎が宰相とこう頻繁《ひんぱん》に話す機会があるのは、誠一郎の推奨《すいしょう》する『聖女を必要としない瘴気《しょうき》被害対策』の運営を宰相の命令で行っているという体裁《ていさい》を取っているからである。

誠一郎は聖女召喚《しょうかん》に巻き込まれてこの世界に来てから、杜撰《ずさん》だった王宮の経理を見直し立て直す他に、『聖女の浄化《じょうか》を必要としない瘴気対策』を考案し、実行しようとしている。その際に自分の立場や地位でどうこうできる問題ではなかったため、宰相であるカミルと部下のノルベルトの養父である、当時子爵《ししゃく》だったバラーネク現伯爵《はくしゃく》の名前と手を借りた。元々聖女召喚には否定的だったらしいカミルは、反対派の把握《はあく》と根回しを水面下で行っていたため、利害が完全に一致した二人は手を組み、現在聖女浄化は今代で終わらせる方向で国も動き始めていた。

さらに言うと、誠一郎を役職付きにしたのもこのカミルで、彼は大変誠一郎の社畜《さいのう》根性を買っていた。「放っておいても自主的に働いて、予想以上の成果を上げる社畜《じんざい》」は、上に立つ者にとっては都合の良い以外の何物でもないのである。

加えるならば、徹底した合理主義同士、この二人、馬が合うのだ。

誠一郎もいいように利用されている自覚はあるが、こちらも十分に利用させていただいているし、若干過干渉《かかんしょう》気味の騎士団長と違い、ツーと言えばカーといった非常に意思の疎通《そつう》の取りやすい上司で、仕事がやり易《やす》いので甘んじて受け入れている。

そんな訳で、この部屋に呼ばれることには慣れているのだが、今回の用件については心当たりがない。二回目の遠征の結果報告書とかかった費用の精算書類、監視官用施設の見積もりも出したし、次の遠征に関してはまだ「待った」が掛かった状態。聖女召喚の代わりに進められる予定の転移魔法の研究に関しても、まだ他の課との兼ね合いを協議中だし、人員募集は出しているがその面接等は来週だったはず。やはりどこかの寝ぼけまなこの魔導士は勝手に研究を進めていたのか？

　そのどれかが前倒しになったか、どこかの課か貴族から横やりが入ったか……貴族からだと誠一郎にできることは少ないので、課かな。第三騎士団はアレシュが抑えてくれるだろうから、内勤のどこかから予算案で苦情が出たか、その辺りだろうか。

　誠一郎が想像できる範囲での理由を考えてみたが、結果は全くの予想外だった。

「あ、セイさんおかえりなさいッス。宰相どんなお話でした？　あ、聞いて良い話ならのことッスけど」

　昼休み前にようやく戻ってきた誠一郎を見て、ノルベルトが主人を見つけた子犬のように駆け寄ってきた。誠一郎の監視役のようなことをしていたノルベルトだ。内容を知っていて聞いているんじゃないかと一瞬思ったが、それにしては明るい様子に思い直した。

　ノルベルトと、ひそかに聞き耳を立てている経理課の他の面々にも聞こえるように誠一郎はできる限り声を張り上げた。

「明後日から教会に出向することになったので、その間の仕事の振り分け、引き継ぎを行います」

行政の中核にあたり、他国の官僚も出入りする高級な絨毯《じゅうたん》の上を、真っ黒なブーツが踏み鳴らしていく。

δδδ

「宰相っ！」

制止する要人警護が主な第二騎士団の騎士を振り払い、恐れをなした従者によって開かれた扉の先にいたカミルを、アレシュがいつもの三割増しの眉間《みけん》の皺《しわ》を作り睨《にら》み付けた。

「これはインドラーク騎士団長。騒がしいですね。何事ですか？」

執務机で書類に向かっていたカミルが、仕事用の眼鏡《めがね》をずらせながら室内の騎士を軽く制止して問いかける。ズカズカと入り込んできたアレシュは、執務机の前で止まり、その長身から威圧感を隠そうともせずにカミルを見下ろした。

「どうもこうもあるか。経理課の者を教会に出向させるとは、なんのつもりだ」

予想されていた質問に、カミルは慌《あわ》てることなく優雅にすら見える所作でペンを置き、アレシュを見返す。

「それについては当人にしっかりと説明をして、納得いただけたものと思いましたが……違いましたか？」

そう言って、アレシュの後ろを覗《のぞ》き込《こ》むようにして首を傾《かし》げる。

「………違いません」

ずっとアレシュに後ろ手で引きずられてきた誠一郎は、頷いて答えた。

改めて応接セットに席を勧められ、通常のお茶と誠一郎用のお茶を出され、それをアレシュにチェックされながら、なんとか一息吐《つ》いた。

「ですからアレシュ様。昨日も説明しました通り、教会の収支報告書が提出されていないので、その調査に私が赴《おもむ》くことになったんですよ」

「それは聞いた。だが、それがお前でなければならない理由はないだろう」

昨夜から何度も繰り返した問答に、誠一郎はため息を飲み込んだ。

「私が一番経理に詳しいですし、教会の収支は不明瞭《ふめいりょう》な部分が多く、経営の根本からの立て直しが必要な可能性もあります。ですので私が赴く方が早いかと……」

これも何度も言ったが、まだ後継《こうけい》を育ててなかったのかという視線を向けられたのでそのたび目を逸《そ》らせた。調査だけなら他の経理部の者でも良いのだが、そこから現地で問題点を挙げて改正していくとなると、誠一郎自らが見るのが一番手っ取り早いのだ。

「瘴気対策の件も含めて、セーイチローが一番適任であると私が判断したのだが？」

行政の最高責任者であるカミルが口をはさむも、アレシュの視線の強さは変わらない。

「……教会には神体《しんたい》も保管されているし、数種の結界魔法が施《ほどこ》されていて、魔素が濃い。耐性のないコレには無理だ」

教会は経理的にも特殊であるが、その存在理由として、御神体を守り、信仰するために特殊な結界を始め数々の魔法が使われており、それだけ魔素も濃い場所となっていた。

「しかしセーイチローは瘴気の元である魔の森に赴き、無事に帰って来たではないか」

「それは……っ」

アレシュが念入りに【結界魔法】を施し、時間を掛けてじっくりと〝馴《な》らした〟からだ。しかしそれを声高に叫ぶほど、アレシュも恥知らずではない。

そしてその一瞬の隙《すき》を見逃すカミルではない。

「そもそもだ、インドラーク騎士団長」

椅子に背をあずけ、足を組む。

「貴殿は第三騎士団長という立場と、侯爵家《こうしやくけ》という血筋を以《もっ》てして政治的発言権が強いことをもう少し自覚するべきだ」

「何……」

「セーイチローが心配なのは分かるが、肩入れがあからさま過ぎて困る。瘴気対策の計画では、私がセーイチローに命令をして行っている、ということになっているのだ。その上貴殿までセーイチローの味方をこうもあからさまに行うと、権力が偏《かたよ》り過ぎていらぬ反感を買う」

確かに、宰相と第三騎士団長が味方となると、強力すぎる。

だからこそ、誠一郎も瘴気対策の計画ではアレシュではなくカミルの方を頼ったのだ。アレシュでは、近すぎるのだ。

二人が同居していることは、あれだけ盛大な引っ越しをすれば勿論《もちろん》すぐに広まったし、アレシュの誠一郎への守護っぷりはもはや官吏や騎士の間では語り草となっている。最近では、わざわざ食堂に赴いて見学する者まで出てきている。それでいて、先の遠征でアレシュは大っぴらに誠一郎の意志に従って見せた。こうなっては事実はどうあれ、噂《うわさ》が噂を呼び、第三騎士団は経理課の言いなりだとか、予算の横流しをされているのではないかという憶測《おくそく》まで、カミルの耳に届いた。

「何も住み込みでどうこう言っているのではない。通いで一ヵ月の間でと言っている。その間に、第三騎士団の不名誉《ふめいよ》な噂も消えるだろう」

「………」

アレシュは、以前誠一郎が騎士団に暴行された件を受け、あえて大っぴらに誠一郎への守護を行ってきた。もちろん、同居も含めただ心配だったことと、傍《そば》にいたいという思いがなかったとは言わない。

だが、誠一郎は異世界人ということを差し引いても、国の中枢に食い込み過ぎた。

誠一郎を目の届く範囲に置き、守りたい。

その行為が、誠一郎含め第三騎士団にも疑惑や反感を向けられることになるとは。

アレシュは一度、全てを飲み込むように目を閉じ、再び開いて、視線を誠一郎に向けた。

放っておけばすぐ死んでしまうほど脆弱《ぜいじゃく》な異世界人。

いつまでたっても目の下の隈《くま》は消えず、目は淀《よど》み、生気のない顔に細い体。

アレシュの予想の斜め上を行く規格外。貧弱さだけではない。その仕事ぶりもだ。

「アレシュ様……」

誠一郎がアレシュの名を呼ぶ。

「それにですね、教会の協力が取り付けられれば、瘴気対策と転移魔法の研究も一気に進むんですよ！　これを活《い》かさない手はないですよ！」

カミルからの視線も感じ、アレシュは諦《あきら》めのため息を吐いて、すぐに思い切り息を吸い込んだ。

その日の午後は、宰相の執務室から聞こえた怒鳴り声の話題でどこの課ももちきりだった。

δδδ

誠一郎は、髪を拭《ふ》きながら自室へと戻った。寄宿舎のときの共同風呂に比べ手狭ではあるが、アレシュ邸《てい》の風呂は一人で入るには十分な広さでまた豪華であった。ライオンに似た動物の口からお湯が流れているのを見たときはなんの冗談かと思ったが、貴族の趣味というのはあっちもこっちも大して変わらないらしい。メイドのミランに指定されたオイルを髪に付け流し、これまたミランに渡された花の香りのする石鹸《せっけん》と布で体を拭《ぬぐ》うと、誠一郎の疲れた髪と肌はすっかりツヤツヤになり、微妙に良い匂《にお》いがすると経理課でも評判だ。

「まだ怒っているんですか？」

適当に髪を拭いた布を椅子に掛けながら、誠一郎は自室のソファでふんぞり返る、この家の主人を見た。先に湯浴《ゆあ》みを済ませていたらしいアレシュは、胸元の開いた白のシャツとゆったりとしたズボンといういでたちで、黒くないアレシュに違和感を覚えながらも、誠一郎はゆっくりとソファへと近付いた。正面から見ると、秀麗《しゅうれい》な眉は顰《ひそ》められ、薄い唇は反らすようにむっつりとした形を作っており、服装と相まって幼さが際立ち、つい笑いそうになるのを堪《こら》えなければならなかった。家で騎士団長という地位を脱ぎ捨てたアレシュは外で見るのと印象が違うのだが、今日は特にその傾向が強い。

「………何を笑っている」

バレていたが、誠一郎は何食わぬ顔を作った。

それに眉間の皺を増やしたアレシュだったが、誠一郎の腕を引き、自分の膝《ひざ》に座らせる。

「髪が湿っている。ちゃんと拭けと何度言ったら分かる」

「十分拭いたと思うんですけどね」

「どこがだ。……ったく」

嘆息《たんそく》した唇が、短い歌を紡《つむ》ぐ。温かい風が誠一郎の顔を過《よぎ》り、湿っていた髪がサラリと梳《す》かれた。

(魔法というのは、本当に不思議で便利なものだ)

そう思いながら、湯上がりのせいではなく火照《ほて》ってきた体をアレシュに預ける。

「怒っているわけではない」

一瞬なんのことか分からなかったが、先ほどの誠一郎の質問の答えらしい。誠一郎の髪を梳きながら、アレシュは再び嘆息する。どうでもいいが息が耳にかかってくすぐったい。

「軽い風魔法一つでこれだけ酔《よ》う体質のくせに、どうして自ら危険な場所に行こうとするんだ全く……」

もはや誠一郎の答えなど分かりきっているようなので、誠一郎の方もそれに甘えて発言を控えた。

「教会には特殊な結界が張られているし、何よりも〝祈り〟は〝魔力〟を放つ。お前にとっては、魔の森の次に劣悪《れつあく》な環境になるだろう」

教会というからには、この魔法の世界ではそうであろうとは思っていたが、予想以上であるようだ。

「それじゃあ……」

しかし誠一郎には、仕事を断るという選択肢はなかった。

「念入りに、お願いします」

アレシュのため息は、誠一郎が飲み込んだ。


ロマーニ国の国民の約九割がアブラーン神を崇《あが》める一神教であるらしい。八百万《やおよろず》の神が根付いた日本国民からすれば不思議に思うかもしれないが、この神がたまに神託《しんたく》などをする世界ゆえに、神の存在は現実的で民に近い存在のようだ。そしてそのアブラーン教の教皇《きょうこう》のいる総本山の大聖堂は別の場所にあり、この立派な教会ではないらしい。

誠一郎は、ロマーニ城から馬車で三十分の街中にある白亜《はくあ》の教会を見上げ、ぼんやりと維持費の計算をした。

（あの高い所の窓の掃除なんかは大変そうだ……）

事前資料によると、教会の従業員……ではなく信徒か、は十五名程で、身寄りのない子ども達を預り支援する施設……こちらでは救済院というらしい——の方と合わせても二十人に満たない。近隣住民の手伝いもあるようだが、これだけ立派な教会の運営には足りないだろう。となると、一部は外注でまかなっていると見るのが妥当か。去年までの収支報告書はチェックしたが、いかんせんザル表示時代だったために、項目別に表示されておらず、具体的に何に金が使われたのか分からない代物《しろもの》だった。

　頭の中でそろばんを弾きながら、門を入ると肌に纏《まと》わりつく湿気と息苦しさを感じた。

「…………すー……はー…………」

　落ち着いて、深呼吸する。

　昨日あれだけ念入りに【結界】を施してもらったのだ。大丈夫。

　もう一度深呼吸し、再び歩を進めると、入り口の扉の所に緑髪の少年が仁王立《におうだ》ちしていた。年のころなら、十三、四といったところか。

　幼さの残る顔立ちは、美少年と呼んでも過言ではない程整っていた。少し長めの若草色の髪に、長い睫毛《まつげ》に縁どられた瞳は碧《みどり》色で、勝気な性格を表すように吊《つ》り上がっていた。白いシャツの上から黒のヒラヒラした修道士の服を着ていることからも、教会の者なのだろう。扉の前で待っているということは、彼が案内人なのだろうか。

　少年の少し手前で立ち止まり、腹に手をあて軽い敬礼をした。

「初めまして、王宮経理課から参りました、近藤《こんどう》誠一郎といいます。どうぞよろしく……」

「よろしくなんてする訳ないだろオッサン」

　礼をしたまま目を見開くと、少年の靴先がすっと後ろに引かれるのが見えた。

「何ボサっとしてんだよ。アンタの相手してる時間がもったいないから、早く来いよ」

　視線を上げると、扉の前で苛立《いらだ》たし気にこちらを振り返る少年がいた。ひとまず言われた通り追いかけると、フンッと鼻を鳴らして足早にズンズン進んで行く。

通されたのは応接間などではなく、寄宿舎時代の部屋くらいの広さの簡素な部屋だった。

「あの、責任者の方にご挨拶《あいさつ》をしたいのですが」

そう告げると、またしても鼻で笑うような音を立てられた。

「司祭様はお忙しいんだ。アンタの相手なんてしている暇《ひま》はないよ」

「そうですか、残念です。では経理を担当されている方とお話ししたいのですが」

「皆忙しいから無理」

無理ときたか。

これは少年の独断なのだろうかという思いが過ったが、ドアの外では数名の修道士と修道女がこちらを窺《うかが》っているようなので、そうではないようだ。

「……私は王宮から正式な命を受けて、教会の査察に来たのですが」

異世界人の誠一郎一人が気に入らなくての嫌がらせなら良いが、分かっていてやっているのなら、国家に対する反逆になる。そう思って確認したが、少年は綺麗《きれい》な顔を歪《ゆが》めて、部屋を窺っている他の修道士達へ振り返って声を上げた。

「聞いたかよ？　偉そうに、教会に対して査察だとよ！　さすが、王宮の官吏様は違うなぁ！」

後に続く嘲笑《ちょうしょう》に、誠一郎は頭の中で整理する。

どう考えても、歓迎されていない。

少年や他の者達の態度から、誠一郎本人も王宮からの査察もどちらも気に入らないようだ。

しかしこれは仕事である。

重ねて言うと火に油だろうが、誠一郎は国から正式に遣《つか》わされた使者である。それに全く協

力しないとなると、教会側もただでは済まない。

改めて観察すると、見える範囲にいる修道士達は皆年若い。どこまで話が通っている？

「誰もアンタに協力なんかしないから、期間が終わるまで好きにしてなよ」

そう捨てゼリフを吐いて、少年たちは去っていった。暇ではないのは本当らしい。

というか。

「何だ、好きにして良いのか」


「そこで何をしている」

よく通る低い声に、誠一郎は手元の資料から顔を上げた。

石造りの廊下を歩き回り、見つけた書庫らしき部屋で片っ端から資料を漁《あさ》り、気になる資料を選別し、必要部分を書き留めていた所だ。教会の資料管理も杜撰で、誠一郎にとっては大変有意義な時間であった。見ると空はすでに茜《あかね》色に染まっており、手前の男の真っ白な衣装も赤く染めていた。

（……ん？　真っ白？）

この国で真っ白な衣装を纏えるのは、王族と、司祭以上の教会関係者のみだ。

ということは。

そこで改めて男の顔に視線をやる。

後ろに流されたやや癖《くせ》のある柔らかそうな髪に、キリリとした眉と、通った鼻筋。意志の強さが感じられる口元、こちらを睨み付ける理知的な瞳。

不審者を見る視線に、アレシュとの初会話を思い出した。

ひとまず、誠一郎は資料の海から立ち上がって、礼の所作を取った。

「お邪魔しております。私、王宮経理課から参りました、近藤誠一郎と申します」

相手の男は、鋭かった目つきを少し瞠《みは》らせた。

「王宮経理課……？　官吏殿が教会に何の用があって来られた？」

その返答に、おやっと誠一郎も淀んだ目を少し開いた。

（司祭以上の教会幹部が、王宮からの査察を知らない？）

一部にしか知らされていなかったのか、それとも意図的にこの男だけが除かれていたのか。

改めて、司祭（仮）を観察する。身長は誠一郎より高い。というか、あちらの世界での欧米人と日本人の違いのように、元の体格基準からして違うのかもしれない。アレシュよりは細いが、身長は同じくらいだろう。栗《くり》色の癖っ毛を後ろに流してセットし、清潔で真面目《まじめ》な印象を受ける。実に聖職者らしいいでたちだ。年も二十代中頃くらいに見えるから、王都の司祭としては出世が早い方だと思う。もしくは、その気品とどこか漏《も》れ出る尊大さは、貴族の出かもしれない。

（真面目そうな男だ）

それが一番に思い浮かんだ、司祭（仮）の印象だ。

その印象が当たっているならば、彼は意図的に省かれた可能性がある。

「こちらの支部の収支報告書の提出がされていませんでしたので、この機会に査察をと命じられて参りました」

「収支報告書を？　そんなはずは……。いや、それならばなぜ王宮経理課の官吏殿が一人で資料室にいるのです？　経理担当者か案内役はどうしました」

「ここに来たときに迎えてくれた人はいましたが、『好きにしろ』と言われましたので、査察作業を始めておりました」

「なに？」

　ピクリ、と司祭（仮）の眉が神経質そうに顰められた。

「その案内役というのは、誰です？」

　さてどうしたものか。

　この様子だと、教会内を王宮の官吏が勝手に歩き回るのはあまり歓迎されない行為だったのだろう。まぁ分かっていて誠一郎が勝手に動き回っているのだが、言質《げんち》はちゃんと取った。おそらくあの若草頭の彼を中心に数人叱咤《しった》されることだろう。

（…………まぁでも、庇《かば》う利点はないか）

　いかんせん、教会の情報が少なすぎる。こんなことなら、カミルやアレシュからもう少し教会関係者の情報を聞いておくべきだった。経理情報のことしか頭になかった。

「名前は聞いていませんが、十三、四歳の緑色の髪の少年でした」

「……セリオか」

　そう呟《つぶや》くと、司祭（仮）はヒラヒラとした服に手を差し入れ、懐中《かいちゅう》時計のような小さな丸い金具を取り出すと、それを口元に添えて口を開いた。

『セリオ、至急資料室に来なさい』

この世界には魔法があり、その分科学の発展はないが、魔法と併用した『魔法科学』が進んでいて、魔力を使った道具が存在する。その構造は魔法学を差し引くと科学よりも単純であるが、便利さでは引けを取らない。魔力ゼロの誠一郎には使えないのだが。

「挨拶が遅れました。私はアブラーン教のロマーニ王国王都支部で司祭をしています、シーグヴォルドと申します。数日、別の町の支所へ行っていたため、事情を知らず失礼しました」

そう言って、慣れた風に綺麗な礼をする相手に、誠一郎は珍しく驚きも露《あらわ》に目を瞬《しばた》いてしまった。教会関係者に嫌われていると思っていたが、目の前の男……シーグヴォルド司祭は違うらしい。

そもそもこの世界に来てから、こんな風に初対面で礼節を持って接されたのも初めてかもしれない。

「ご丁寧《ていねい》にありがとうございます。この度は、王宮への収支報告書の回収と経費運用の調査ということで伺わせていただいております」

「いえ、こちらこそ礼を欠いた対応で申し訳ございませんでした。ただここは、教会の重要な資料や貴重な文献もある場所です。部外者の閲覧《えつらん》は許可されていないのです」

そう言われても、部屋に鍵《かぎ》など掛かっておらず、また管理者らしき人影もなかった。それを言うと面倒そうだし、今後入る隙がなくなりそうなので、誠一郎は素直に謝罪した。

「それは知らずに、申し訳ございませんでした。それでは改めて、査察のための許可を申請したいのですが、どなたに何を提出すればよろしいでしょうか？」

真正面から尋ねられ、シーグヴォルドも考え込む。

「……申し訳ない。この件に関しましては、官吏殿の担当に確認してからになります」

まぁそうだろう。出張から帰って来たばかりで、王宮からの査察のことを知らされていなかったらしいシーグヴォルドには未《いま》だ事情が分かっていないのだから。

そこに、ちょうど良く軽い足音と共に若草頭の美少年が慌てた様子でやって来た。

「し、シーグヴォルド様お呼びで……あぁっ!?　お前なんで!?」

セリオとかいうらしい若草色の髪の美少年は、シーグヴォルドの後ろに誠一郎の姿を認め、目を見開いた。思い切り顔を歪めた後、再びシーグヴォルドの姿が目に入り、顔色を青くした。

「セリオ、教会内でむやみに走るのは感心しない。それから……彼で間違いないですか？」

最後は誠一郎に向けられた質問だったので、迷うことなく頷《うなず》いた。

「セリオ、王宮から査察が来る話を私は聞いていなかったが、君は誰からの指示を受け、そしてなぜ官吏殿を放置した？　答えなさい」

「そ、それは……マテーウス司教様から王宮から査察が来ると伝達があって……」

「あって？　なぜその王宮からの官吏殿が一人で部外者立ち入り禁止の資料室にいるんだ？」

「それは、そいつが勝手に……っ！」

「彼は教会に来るのは初めてなのだから、どの場所が立ち入ってはいけないかなど知る由《よし》もないだろう。それを教えるのが、君の役目だったんじゃないのか？」

「あ……ぅ…………その……色々やることがあって……」

「お前達が多忙であることは知っている。しかしそれは、王宮の官吏殿を案内する以上に、重要で性急な用事だったか？」

「い……いえ……」

誠一郎の前ではふんぞり返っていたセリオが、シーグヴォルドの前では借りてきた猫のようだ。無感情に眺《なが》めていたつもりだが、セリオにギッと睨み付けられた。

「何で部屋を出たんだよ……。昼食に呼びに行ってもいやしないし……」

一応食事は与えてくれるつもりだったらしい。どちらにせよ、魔素アレルギーの誠一郎は、魔素耐性特別弁当持参なので食べないが。

「『好きにしろ』と仰《おっしゃ》られましたので、好きに仕事していました」

「そんなの言葉のあやだろう！　第一資料室は教会関係者以外は立ち入り禁止だっ！」

「今初めて聞きました。どこにもその旨《むね》は明記されていませんでしたので」

どうやらセリオは感情的になりやすく、まだ年相応の少年らしさを持った相手のようなので、否定はせずに、しかし自らの潔白《けっぱく》も主張しておく。

「言われなくてもそれくらい調べてから来いよ！」

「セリオ、静かにしなさい。官吏殿にその案内をするのが、君の今日の仕事だったはずだろう。しかし官吏殿。教会には貴重な物も、清廉《せいれん》なる立ち入り禁止区域もある。そのことは理解してください」

「分かりました」

そう頷きながら、具体的な場所の指定をされていないなと誠一郎は思った。

(詰めが甘いな)

「もう二度目の土の刻だ。今日のところはお戻りください」

「はい。それではまた、明日参ります」

礼をして資料を片付けようとしたが止められたので、そのまま部屋を後にした。今度はセリオが追いかけてきた。ちゃんと門の外まで行くのを見届けるためだろう。

「昼ご飯のとき見たらいなかったから、てっきり帰ったと思ったのに……」

そんなことを呟いているのが聞こえたが、素知らぬ顔で歩く。

「それでは、失礼します」

門の所で振り返って礼をするも、セリオは借りてきた猫から威嚇《いかく》する猫に戻っており、誠一郎よりも低い位置でツンと顎《あご》を逸らせて精いっぱい見下してきた。

「もう来なくていいけど、明日からは監視付きだからな。好き勝手できると思うなよ」

そう言って、乱暴に扉が閉められた。

明日からというか、今日から監視付きのはずだったのを本人がサボっただけだと思うが、誠一郎はある程度書き写した紙を持ち直し、帰路についた。

(マテーウス司教に、シーグヴォルド司祭ね……)

δδδ

「遅い」

「……アレシュ様は、お早いお帰りで」

帰ったら家主の仁王立ちに迎えられた。

一応教会への出向は、通常の業務と同じ時間内という約束だったが、今日は誠一郎が資料に没頭《ぼっとう》していて遅くなってしまった。あそこでシーグヴォルドに見つからなかったら、夜になっていたかもしれない。

それにしても、アレシュは栄《は》えある第三騎士団の団長という管理職なのだから、仕事をする気になったようだし、毎日定時帰宅など現代日本では考えられないのだが……。

「時間内で済ませるのが仕事だろう」

一刀両断された。

「体調は？」

「問題ありません」

「気分は」

「悪くないです」

そのまま玄関で始まる体調チェック。主人の意向とあって、執事《しつじ》のヴァルトムもメイドのミランも近寄っては来ない。

「腹は減っているか」

「？　いえ、そんなには……」

元々食への興味が薄い誠一郎に対し、どうしてそんな質問をと思ったが、謎《なぞ》はすぐに解けた。

「湯浴みをするぞ。【結界】の張り直しも、そこで行う」

「え？　ちょ……っ」

そうして誠一郎はアレシュに風呂に連れ込まれ、しっかりとのぼせて初日を終えたのだった。

第二章　恋愛相談を受けました

翌日も光の刻になる前に教会を訪れた誠一郎《せいいちろう》を待っていたのは、昨日よりも眼光を鋭《するど》くした若草色頭の少年……セリオだった。

「チッ……来たのか」

嫌そうに舌打ちすると、こちらを構うことなく身を翻《ひるがえ》し、ズンズンと進んで行く。何も許可はされていないが、誠一郎は重苦しい湿気のような魔素《まそ》を感じながらもその後に続いた。連れていかれたのは、前日とは違う広めの会議室のような場所だった。そこにいたのはセリオ一人ではなく、数人の修道士達で、一斉にじろりとした視線が集まった。吊《つ》るし上げでも食らうのかと思ったが、拍子抜けするほどあっさりと修道士達は部屋を出て行った。

「皆アンタに構ってる暇《ひま》なんてないって言っただろ」

バカにするように言われ、教会運営そのものの人手不足ではないかと思った。宮廷内は人材は比較的潤沢《じゅんたく》であるため、この国全体がそうであるかと思っていたが違うらしい。昨日も思ったが、この規模で十二名の修道士は少ないだろう。

「そうですか。大変ですね」

人事の最高権力者は宰相《さいしょう》であるカミルだが、教会は国の保護下にはあるが独立した組織である。おいそれと口出しはできまい。

「そうだよ！　お前ら官吏《かんり》様とは違うってのに、余計な仕事増やしてきて……」

（いや、それはこちらのセリフなんだが）

「収支報告書さえ提出されていれば、査察に入ることもなかったのですが」

そして誠一郎も本業を置いて、教会という危険区域に出向することもなかった。しかしセリオは誠一郎の言葉を全く意に介《かい》さない。

「そんなのそっちの都合だろう？　大体教会は独立組織で、国の管理下にないのに、毎年収支報告書を出せとか、何様だよ」

国教として優遇され、補助金も貰《もら》っていてこの態度。てっきりセリオが経理関係者だから案内役になったのかと思ったが、違うようだ。経理の知識が少しでもあれば、出てくるはずのない言葉が多い。

「……経理の担当をされている方にお会いしたいのですが」

「シプリアノ様ならいないよ」

「シプ……？」

日本人には聞き取りづらい名前に聞き返すと、セリオが鼻を鳴らす音で答えた。

「そんなことも知らずに来たのかよ」

確かに教会の情報が少なすぎる。興味が数字に向きすぎていて、それ以外の知識を仕入れるのを怠《おこた》っていたのを反省した。だが、それはそれとして、王宮からの査察が入るのに担当者がいないと？

「いつ頃お戻りになられますか？」

「マテーウス司教様と一緒に別の町の会合に行ったから、当分お戻りにはならないよ」

（またマテーウス司教か……）

思案する誠一郎には構わず、その日の午前はセリオに連れられ教会内を見回った。王宮は職場として見慣れたが、教会内はまた違った趣《おもむき》があった。王都内とあってこの教会は綺麗《きれい》に整えられているのだろう。ステンドグラスの窓に、装飾的なアーチや繰形《くりかた》で形成された石造りの内観は、王宮内よりもファンタスティックに見えた。やはり見慣れないせいだろうか。おそらく宗教上の重要な人物だか神だかの像もあり、その像に近付くと軽く眩暈《めまい》がしたところにも感心した。誠一郎が気分が悪くなるということは、魔素があるので本物の信仰物かと思ったが、セリオに「イタズラ防止に結界を張っている」と言われた。魔法の方だったか。

教会の案内となると饒舌《じょうぜつ》に自慢《じまん》げにたくさん話してくれるセリオのおかげで、教会内の半分も見終わってない所で鐘《かね》が鳴った。火の時間の始まりを知らせると共に、昼餉《ひるげ》を知らせる鐘だ。

「本当はお前なんかにやる物なんてないけど、一応、王宮からの使者だから仕方なく食べさせてやるよ」

一瞬の後、昼食に誘われていると気付いて、誠一郎は首を振った。

「ああ、それには及びません。昼食は持参していますので、お構いなく」

セリオは顔を真《ま》っ赤《か》にして床を踏み鳴らしながら去って行った。

さて、昼食と……自由時間だ。

「そこで何をしているんですか」

昨日も聞いたよく通る低い声に、誠一郎は手元の資料から視線を上げた。思った通り、白ずくめの男が強い視線でこちらを見ていた。誠一郎は、資料を丁寧に机の上に置き、立ち上がって礼の所作を取った。

「お邪魔しております、シーグヴォルド司祭殿」

「……セリオはどうしました？」

「昼食に行きましたよ」

「そして、貴方《あなた》は何をしているんです？」

見下ろされる形になっている誠一郎の手には、書類とペンと資料。

「仕事です」

シーグヴォルドのこめかみがピクリと動く。

「……その資料はどこから？」

「昨日入るなと言われた資料室ではありませんよ？　集会室にあった来訪者記録です」

「……資料を持ち出すときは、許可を取ってください」

「集会室にいた方に声は掛けましたが、次からはきちんと許可を取らさせていただきます」

集会室にいた修道士はそんな物見て何にするんだと言いたげな顔で適当な返事をしていたのでこれ幸いと借りさせていただいた。誠一郎の澱《よど》みない受け答えに少し不審そうな目をしたものの、シーグヴォルドからの追及はそれだけで済んだ。

「それで、官吏殿は昼食は？」

言われて、はたと気付く。

「あぁ……そう言えばまだ食べていませんでした」

「まさかセリオは貴方を置いて……」

眉を顰《ひそ》めるシーグヴォルドに、誤解を与えてはいけないと誠一郎は口を挟んだ。

「あ、いえ。違います、声を掛けていただいたんですが、私は食事を持参しているのでお断りさせていただいたんです」

「そうですか。それでは、よろしければこちらへどうぞ。ここは飲食が禁止ですので」

そう言って、小さな花苑《かえん》のある中庭に案内された。

「……ここは？」

「先々代の聖女様が作られた花苑です。花は人の心を癒《いや》すと、教会におられたときは自らお世話もされていたそうです」

「先々代の……」

先々代の聖女というと、確か国内の田舎《いなか》で修道女をしていたと記録にあった。聖女の役目を果たした後は、王都の教会に身を置いたのか。

目の前にあるのは、草が芽吹き、色とりどりの花がアーチを描き、その中心に聖女を象《かたど》ったと思われる白い石像。しかし悲しいかな、誠一郎はその花々を愛《め》でることはなく、維持費のことで頭がいっぱいであった。

何はともあれ、周囲に置かれたベンチに座らされ食事を摂《と》る。シーグヴォルドが去る気配はなく、これはもしかして監視されているのかと思いつつも、パヴェルの手製弁当に手を付けた。

「官吏殿は、今代の聖女様と共に召喚《しょうかん》された異世界人とお聞きしました」

ツハシの肉を割いて野菜と和《あ》えた料理をしっかりと飲み込んでから、誠一郎は頷《うなず》いた。

「はい、そうです」

「そうですか……。実は私もあの召喚の儀《ぎ》には参加していたのですが……」

それなのに誠一郎と初対面の挨拶《あいさつ》をし、今確認したということは、彼もまた優愛《ゆあ》以外は目に入っていなかった内の一人なのであろう。言われて「そう言えば教会関係者もいたな」程度にしか思い出せない誠一郎も誠一郎なのだが。

しかしシーグヴォルドは違ったらしい。音もなく立ち上がると、誠一郎の前に立ち、一歩引いて胸に手を当て礼をした。この国での敬礼にあたる礼だ。

「此度《このたび》はアブラーン神の呼び声に応え、聖女様と共に救国に尽力してくださり、ありがとうございます。ご挨拶が遅れましたこと、誠に申し訳ございませんでした」

まるで映画に出て来るような美しい顔と所作で口上を述べる司祭に、誠一郎は思わずフォークを取り落としそうになった。慌《あわ》てて弁当箱を横に置き、立ち上がる。

「いえ、私はただ白石《しらいし》さん……聖女様の召喚に巻き込ま……偶然同行したに過ぎないなんの力もない一般人ですので、感謝されるいわれはありません」

「いいえ。召喚の儀はアブラーン神の神託《しんたく》によるものです。貴方が来られたことにも、意味があるのです」

だとしたらアフターケアはしっかりしてほしいものだ。誠一郎はこの世界の空気が合わず、魔法も合わない上、最初は周囲から勝手に付いて来ただけのごく潰《つぶ》し扱いされていた。異世界の神とやらにクレームを入れたい気分だったが、シーグヴォルドの真《ま》っ直《す》ぐな目に口を噤《つぐ》んだ。

「聖女様とは違いますが、貴方も神が遣《つか》わした使徒様に変わりありません」

「そんな大層なものでは……」

「いいえ。神の思《おぼ》し召しです」

この世界に来てから、これほどまでに好意的に受け入れられたことはないが、何とも言えない居心地の悪さだ。無条件に使命を押し付けられ期待を寄せられるというのは、こういう気分なのだろうか。今度優愛に会えたら聞いてみようと誠一郎は思った。

結局その後弁当を平らげる気力は沸《わ》かず、帰宅後にパヴェルにそれはそれは悲しい顔をされ、ついでにアレシュにチクられて説教を受ける羽目《はめ》になった。

δδδ

書類が乱雑に重ねられた執務机。その上に立てかけられた小さな鏡を、数分ぶりにノルベルトはチラリと見た。今日は左耳上のセットがいまいちキマらなくて、こうして何度も見ては指でイジっている。

「ノルベルト〜、今日終わったら飲みに行かないか？」

「あ、イイッスね！　行きましょ行きましょ！」

ノルベルトは伯爵《はくしゃく》令息で現王の実の息子《むすこ》だが、後者については基本秘密であるし、王宮内で働く者は原則家の身分を盾にするのを禁じられている。一部では守られていないが、表面上はそういう規則になっていることと、部署内で一番年下の新人であること、そしてノルベルトのキャラクターもあり周りも気安く接している。

話しかけてきたのは、経理課の三年先輩で彼自身も爵位持ちの家系なこともあって仲が良い。

「って、お前これあんまり進んでないな。飲みに行って大丈夫か？」

ノルベルトの手元を見た先輩に訊《たず》ねられるが、本人はまったく気にした様子はなく笑顔だ。

「だーいじょうぶッスよ！　セイさんが帰ってくるの一ヵ月後なんスから！　それまでには余裕余裕！」

「いつ、それが全部の仕事だと言った？」

突如として、室内に静かな声が響いた。途端にシン……と静まり返り、カーテンのはためく音が響く。

ノルベルトは、動かない首を無理やりギギギッと動かし振り返ると、そこには予想通りの人物……経理課副管理官である近藤《こんどう》誠一郎が、相変わらず死んだ魚のような目でこちらを見ていた。

「せせセイさん!?　何でここに!?　教会に出向中じゃ!?」

「今日は休みだ」

「何でそれで職場いるんスか!?」

「お前がサボっていないか、見に来た」

「ヒエッ」

本気で息をのんだノルベルトの机の書類を手に取り、パラパラと捲《めく》る。

「冗談だ。自分の仕事をしに来ただけだ」

変わらぬ無表情で言われ、一瞬ホッとするも、

「まぁお前の仕事を把握《はあく》するのも仕事のうちなんだが」

と続けられ、再び顔を青くする羽目になっていた。

「い、いや副管理官。今日は休日なんですよね？　なんで職場《ここ》に来てるんですか……？」

同じ経理課の男が、恐る恐る上司になってしまった誠一郎に聞くが、誠一郎の方は何を言われているのか分からない顔で答えた。

「なんでって、仕事をするためにですけど……？」

誠一郎にとって、休みの日とは自分のペースで溜《た》まった仕事をできる日である。

「いや休みの日は休みましょうよ!?」

「じゃあこの溜まった仕事はいつするんですか」

誠一郎がなるべく他に仕事を振ろうとしても、抱えている仕事が多すぎる。

通常業務の他に、王国経理改善に新瘴気《しょうき》対策業務、宮廷魔導課の増員に召喚術研究への協力。それに加えて教会への出向だ。どう考えても一人がやる仕事の量を越えているが、そのほとんどが他に回せない。

「それインドラーク騎士団長に言って大丈夫なやつです？」

「…………お前には、自分の上司が誰か分からせる必要があるな」

「ヒエッ」

「ここの責任者は私なんですけど……」

王宮経理課管理官、ヘルムート＝ソマリア（四十二歳）の声は誰にも届くことはなかった。

「あっ！　セイさんそれは食べちゃダメっスよ！」

結局普通に仕事をし、昼休憩《きゅうけい》に経理課の面々に紛《まぎ》れて食堂で料理を取っていたら、ノルベルトに注意されて、誠一郎はムッとした。

「いつまでも食べられないままじゃない。少しずつは耐性もできてきている」

アレシュのフォローとコックのパヴェルの努力により、誠一郎の魔素耐性は着実にレベルアップしていた。今ではよほど濃い物でない限り、少量なら食べられるようになった。

「へぇ、そうなんスか！　あ、じゃあ今日飲みに行くんスけど、セイさんも行きます？」

「お前話聞いてた？」

少しずつ、と言ったはずだ。酒なんか飲んだら即行倒れる。それに同じテーブルの経理課の他の官吏達がギョッとした顔をしている。生気のない目で仕事ばかりをし、光の速さで自分達を追い抜いた異世界人の上司は、ノルベルト以外にはそう気安い存在ではないのだ。誠一郎ももちろんその辺は自覚しているが、職場での人間関係は仕事に支障がなければそれで良いと思っているので構わずにいた。

「そっスか？　残念～」

そんなことを言うのはノルベルトくらいだ。それにしても、この男は誠一郎の監視業務は終わったはずなのにいつまで傍《そば》にいるのだろうか。

「教会での話とかも聞きたかったのに」

「ああ、それは俺も聞きたかった」

「え？　セイさんの方が？」

目を丸くするノルベルトに、誠一郎はツハシのソテーを飲み込みながら頷いた。

今日職場に来たのは、仕事以外にもノルベルトからの情報収集が目的だった。誠一郎は教会について、本に載っている内容くらいしか知識がない。この世界、この国にとってどういうものなのか。教会で働く者たちはどういう存在なのか。そういった漠然《ばくぜん》とした知識がないままでは少々やりにくいことに気付いたからだ。

「ノルベルトは教会には行ったことがあるのか？」

「あはは、何言ってんスかセイさん！　当たり前っスよ～！」

笑われてしまった。さすがは国民の九割が信徒の国教である。

ノルベルトの話を聞くと、まず国民は六歳で皆教会に洗礼を受けに行く。そして同じく、十八歳の成人の儀も教会で行われるそうだ。また、季節の祭りも教会に供え物をしたりと、国民の間では王宮以上に身近な存在であるらしい。

「それにうちって子爵《ししゃく》……じゃなかった伯爵家っスから」

「貴族だと何かあるのか？」

土地持ちの貴族はその土地の、土地を持たない貴族は王都の教会か正教会に支援をするのが当たり前であるそうだ。

「なるほど」

言われてみれば、昨日覗《のぞ》き見た来訪者記録には見覚えのある貴族の家名がいくつかあった。

「それに教会の役職付きって大体貴族っスしね」

「ん？　そうなのか？」

「そっスよ。大体教会勤務できるのは、救済院出身か魔力が多い者だけっスからね。貴族は魔力の多い人が多いから、必然的にそうなるっス」

　なぜ魔力の多い者が教会の任務に就《つ》くかというと、祈りの儀式や御神体《ごしんたい》の保管などに魔力を使うからだそうだ。なるほど、誠一郎にとって居心地が悪く感じる場所なはずだ。御神体の結界の魔素だけではなかったのか。アレシュの【結界】がなければ、初日でぶっ倒れていたかもしれない。

　教会で働く者達を思い浮かべると、確かに粗野《そや》な者もいれば、やたらと立ち居振舞いの良い者もいた。平民と貴族が混じっていたのだ。役職付きというと、司祭のシーグヴォルドにしか会ったことはないが、彼も何となくそんな感じはしたが、やはり貴族だったという訳か。しかし貴族で教会に身を置くというのは、この世界の世間的にはどうなのだろうか。

「教会でアブラーン神に仕《つか》える仕事自体は名誉《めいよ》なことって言われてるっスよ。でも実際は、貴族だとよっぽど魔力が多いか、家にとって問題があるからって理由で教会にいる人が多いスからね～」

　なるほど、役職付きになるならまだしも、役職なしの貴族は本人に問題があるか、家的に存在自体が問題な訳で、どうりで教会内で明確に分かるようにされてなかった訳だ。普通なら一目で分かるように区別されていてもおかしくない。まぁ実情までは知らないが。

それにしても、怖いものなしというか、空気を読まないノルベルトだからこそ言えた、率直な感想だろう。

昼食後、またも普通に経理課に戻る誠一郎に、ノルベルトが不思議そうに訊《き》いてきた。

「でもよく普通に食堂に来たっスね。インドラーク騎士団長と鉢合《はちあ》わせたらヤバイんじゃないんスか？」

こういうことを真正面から普通に訊くのが、ノルベルトのノルベルトたる所以《ゆえん》だ。

「アレシュ様は一人では食堂には来ないから、大丈夫だ」

アレシュが食堂に来るのは、あくまでも誠一郎の食事の世話と監視のためだけであり、第三騎士団騎士団長の彼は普段は執務室に食事が運ばれてくるのだ。若干ドヤ顔で答える誠一郎に、ノルベルトの呆《あき》れたような視線と、変わらぬ言葉が向けられた。

「いや、セイさんめちゃくちゃインドラーク騎士団長に見つかるの怖がってるじゃないスか」

ノルベルトの午後の仕事量が増えたのは、言うまでもない。

δδδ

「いいよね、官吏様は好き勝手に休んで」

一日飛んでの教会三日目。今日もセリオの嫌みから一日が始まった。

誠一郎は休まず経理課で仕事をしていたが、王宮勤めの者は基本的に休みをしっかり取る。

それに比べ、農業などの生産業者はもちろんのこと、市場などもいつ行っても営業をしている。

以前にそろばんを作ってくれたシグマ少年に訊いたときも、「休んだら儲《もう》けが減っちゃうじゃないか」と言っていた。教会も年中無休のようで、さらに言うならば手伝いに来ている市民はともかく、セリオ達修道士見習いや修道士、修道女達は住み込みで生活と労働が密接している。現代日本においてもそうだが、住み込みで学びながら働くというのは、休みそのものが曖昧《あいまい》になってしまう。昨日ノルベルトから聞いた感じでは、教会への寄付は貴族の常識のようだったのに、なぜ王都の教会がこの体たらくなのかと誠一郎は内心首を傾《かし》げた。

「そうですね」

頭の中で思索し違和感を持ちながらだったので、口から出たのは適当な相槌《あいづち》だった。ちなみに重ねて言うが、誠一郎は休んでいない。

「ッ！　これだから官吏は……勝手にしてろよ！」

そう怒鳴ると、セリオは軽い体でどうにか大きな足音を立てようと足を踏み鳴らして去って行った。

自由時間のゲットである。

「また貴方ですか……」

集会室の奥の書斎で陽の光を背負って現れたのは、もはやおなじみになりつつある栗色の髪の司祭、シーグヴォルドだった。

「お世話になっております」

礼をすると、周囲を見渡し、呆れたような顔をして再び誠一郎に向き直った。

「セリオは……というのは、もう訊くまでもないのでしょうか」

まぁ一日目と同じ状況なので、訊くだけ無駄《むだ》だろう。誠一郎は何も言わずに困った顔をして見せた。

「困った子だ……。とても信心深いのですが、自分の感情に素直すぎるのは考えものですね」

「まぁあのくらいの年頃なら、そんなものじゃないですかね」

確か中学生くらいの年齢のはずだ。教会という閉鎖《へいさ》された世界で幼い頃から育ったのなら、価値観も偏《かたよ》りが生じそうだし。

「……もしかして、彼の監視を振り切るために……？」

シーグヴォルドの紫の瞳が細められ、少し低い声にある人を彷彿《ほうふつ》とさせられながらも、誠一郎は落ち着いて首を振った。

「まさかそんな。それに、彼は元々私が気に入らなかったように見受けられましたが」

実際、セリオの監視がない方がやりやすくはあるが、そもそも誠一郎はセリオに制止されたくらいでは仕事を止《や》める気はない。それこそ、口八丁手八丁で煙《けむ》に巻ける自信もあるから、セリオがいようがいまいが問題ないのだ。

「ああ……確かにあの子は、貴族や官吏という存在に対して、劣等感《れっとうかん》のようなものが強い傾向にはありますね」

分かっていて案内役に持ってくるのなら、教会はずいぶん王宮に対して悪感情があるようだ。

「修道士見習いには、身寄りのない子どもだった者もおりますし、大半が庶民《しょみん》なので、どうしても王宮から来た方には反抗的になる者もいます。案内役を変更したいところですが、今不在の司教の指示ですので、勝手に変更する訳にもいきません」

「いえ、お気になさらず」

生まれも育ちも庶民の誠一郎には、気持ちが分からなくもないので頷いておいたところで、昼の鐘が鳴った。

そして、どういう訳だかまたシーグヴォルドと一緒に花苑にいる誠一郎だった。

「教会でも食事をご用意しますが」

弁当持参の誠一郎に付き合ってか、シーグヴォルドもサンドイッチのような物を持ってきていた。花苑に人影はないが、よく整えられており、穏やかな陽に包まれていた。

「アレルギー……体に合わない物とかが多いので、持参するようにしているんです」

「体に合わない？」

「はい。この世界に当たり前にある魔素と魔力に耐性がないらしく、魔素の多く含まれた食べ物などを食べ過ぎると、体に悪いんです」

訝《いぶか》し気に眉を寄せるシーグヴォルドに、簡単に説明する。

「魔素を摂取し過ぎると中毒を起こすんです」

「中毒……ですか」

「はい。簡単に言いますと、吐き気と眩暈で体力も疲弊《ひへい》します。ついでに魔力への耐性もないので、神聖魔法といった治癒《ちゆ》魔法も逆効果です」

「逆効果？」

「傷や気分は治りますが、今度は魔力酔《よ》いで発熱します」

「発熱するほどの魔力酔いとは……。赤子ではないのですから」

「ああ、言われましたね。生まれたての赤子以下だと」

ちょっとした傷の治療でも、一瞬クラッとするくらいの熱が出るのは、赤子以下だとアレシュに言われたし、医局長であるシーロにも驚かれた。

「まさか……使徒である貴方が……？　でも聖女様は……」

「白石さんは、〝正式にこの世界に呼ばれた聖女〟だからでしょう。加護《かご》というんですか？　そういった物があるのでは？」

「それは……確かに。加護……」

（失敗したかもしれない）

黙り込んでしまったシーグヴォルドを眺《なが》めつつ、誠一郎は思った。

シーグヴォルドは、誠一郎から見るに献身的な教徒だ。これまで聖女のおまけ、いやむしろ厄介者《やっかいもの》として扱われることの多かった誠一郎に対し、最初から礼を持って接してくれた貴重な存在だ。しかし、それというのも『信仰する神が喚《よ》んだ人間』として接しているからだ。この世界の加護を受けず、息をしているだけで死にかける存在となると、果たしてそれは『世界の求める人間』か。考えるまでもなく、否《いな》だ。

誠一郎はただ聖女召喚に巻き込まれた一般人に過ぎず、この世界において正しく『異端』の存在に違いないのだ。この信心深い男が、果たして『異端』にこれまで通りに接するか。聖職者として慈悲《じひ》を持って対応をするか。いや、希望的観測はやめておこう。

誠一郎は覚悟を決めて、シーグヴォルドに向き直った。栗色の髪の毛が、柔らかい日に当たり赤く見えた。

改めて見ると、通った鼻筋に薄い唇が合っている。黙っていると冷たさすら感じる整った顔立ちだ。その目が、スイっと上がり、誠一郎に合わされた。

「それはつまり……貴方は『試練を課せられた使徒』であらせられるということですね」

「はい？」

思わず顔を顰《しか》めてしまったので、誠一郎は努《つと》めて冷静になろうと呼吸をした。いくら頓珍漢《とんちんかん》なことを言われようが、一応は教会の権力者である。「何言ってんだコイツ」とは思っても、顔に出してはいけない。そう思って表情筋を引き締めようとしているのに、シーグヴォルドの口は止まらなかった。

「神の思し召しにより世界を超えてこられたのです。その世界に適応できないのは神による【試練】に他なりません。私どもも神の意志を民衆に伝え、神に仕えるために試練を受け、修行を積みます。そして自らを高め、神の御意志に近付けるのです」

シーグヴォルドの顔は真剣そのもので、真っ直ぐに誠一郎を見ていた。この感じ、宮廷魔導課副管理官である変人・イストのスイッチが入ったときに似ている。入ってしまったのだろう、シーグヴォルドのスイッチが。宗教に無頓着《むとんちゃく》な現代日本人としては、こんなときにどんな顔をしたら良いのか分からない。

とりあえず、シーグヴォルドの言葉の端々を切り落とし、飲み込める物だけ飲み込んでおく。

『神の思し召し』『私どもも』……うん、悪感情ではなく敬意と仲間意識を感じる。しかしこのままでは、誠一郎は『【試練】を課せられた使徒』になってしまう。先ほどから『修行』だ何だと物騒《ぶっそう》な言葉が聞こえてくるし、下手《へた》したらこの信心深い司祭に使徒としての修行を強要されるかもしれない。今のシーグヴォルドを見るに、嫌な予感に留《とど》まらないものがある。

「いえ、私はあくまで『聖女召喚』に巻き込……偶然同行しただけの一般人で……」

「いいえ！　アブラーン神が意味のないことなどなさるわけがありません」

実際に聖女召喚を行ったのはシーグヴォルド達神官と魔導士達であり、神は啓示を示したに過ぎないと誠一郎は思うのだが、シーグヴォルドの思想では違った。別世界から人を喚び出すこと自体、人間の踏み込んで良い範疇《はんちゅう》ではなく、神の領域であることから、自分達は神の手伝いをしたに過ぎないと思っていた。であるからして、『聖女召喚』は神の意志であり、それによって現れた誠一郎もまた、神の意志であるのだ。

「いえ本当に、たまたま召喚されている白石さん……聖女様に触れただけで、ただの偶然で……」

「神のなさることには、全て意味があります。一見私共人間から見て偶発的なことであっても、それこそ神の御意志なのです」

「…………」

誠一郎は再び、シーグヴォルドの言葉を精査した。そこから、自分への悪意はないということだけを検出し、二秒ほど目を閉じ、答えた。

「ソウデスネ」

俗に言う、『スルー』というやつである。

「うわ、またいる」

いつも通り始業時間ギリギリに出勤したノルベルトは、経理課に入って目にした光景に、つい思ったことが口から漏《も》れ出てしまった。その言葉が向けられた相手はというと、ノルベルトにひたりと変わらぬ濁《にご》った目を合わせ、目を細めた。

「ちょうど良かったノルベルト。お前に任せたい仕事があってな」

「いや、嘘《うそ》っスよね!?　それ今俺が言ったの聞いて思い付いたでしょう！　てゆーか作ったたっしょ！　すいませんっした――!!」

官吏の役職を示すマントに縋《すが》り付いて、何とか業務増量は免《まぬか》れたノルベルトは、喉元《のどもと》を過ぎたことはさっさと忘れて隣の席で当然のように仕事をしている誠一郎に話しかける。

「今日も教会査察は休みの日なんですか？」

「勤務形態はここに準じているからな」

教会は年中無休のため、誠一郎の休みは経理課勤務時と同じにするようにと配慮されており、教会にもシフトは伝えてある。

「で、またここ来て仕事っスか……。セイさん他にすることないんス？」

「休みの日に何をしようと、俺の勝手だろう」

「え～、勝手……かなぁ……？」

書類から視線も上げずに返答する上司に、ノルベルトは首を傾げたが、誠一郎《上司》は無反応である。

「そういやセイさん、教会の人らとは仲良くなれたんです？」

しかし、めげる、懲《こ》りる、ということを知らないノルベルトは変わらず誠一郎に質問を投げかけた。まるで親戚《しんせき》のおじさんが子どもに学校で友達できたかと聞くような質問に、誠一郎は一瞬鼻白《はなじろ》んだが、教会の面々を思い出し、ノルベルトを見て、小さく笑った。

「……お前はアホだが、良い部下なのかもな」

「え!?　何スか急に！　照れるじゃないですか～」

（いや、思いっきりアホって言われているのに良いのか!?）

照れるノルベルトに、経理課の官吏達は心の中で突っ込んだが、当のノルベルトが嬉《うれ》しそうなので良いのだろう。

教会には三日通ったが、相変わらずセリオはツンケン突っかかってきて、他の修道士達も誠一郎を避けつつ、ヒソヒソ話。ノルベルトから聞いた通り、貴族の出だろうと思しき者もちらほら見受けられたが、その誰もが異世界からやって来て官吏なんかやっている誠一郎を憎々し気に見ていた。対して、セリオをはじめとする庶民出の者達は、官吏そのものに嫌悪感があるようだ。

そして何よりもシーグヴォルド司祭である。あの一件以来、顔を見合わせればグイグイ来る。というか、（セリオの監視をかいくぐって）行く先々でバッタリ会うのだ。教会の管理人とも言える司祭が来るということは、そこに運営に関わる物があると証明されているようなものなので良いのだが、いかんせんその司祭が邪魔である。

思えば経理課で誠一郎の仕事を邪魔する者はいなかったので、恵まれていたのだなと再確認した。正確には、「邪魔できる」者がいなかったのだが。離れて分かる、故郷の良さ。故郷はここではない世界だが。

そうして誠一郎は、今日も生き生きと休日出勤に勤《いそ》しんだ。

そうは言っても誠一郎の仕事は、これだけではない。何と言っても元の世界へ戻るための帰還魔法の研究の支援がある。宮廷魔導課の研究員の確保に、宰相であるカミルにも動いてもらい人数を増やす手はずはしてもらっているのだが、残念ながら専門職のせいか集まりはいまいちらしい。宮廷魔導課は魔法に携《たずさ》わる者にとっては、一種のステータスでもあると思っていたが、実際目の当たりにしてみると、そうとは言い切れないことは分かった。

「経理課副管理官の近藤です」

経理課のある側棟からかなり離れた、逆側の端の端。宮廷魔導課の研究室の扉をノックする。が、返事はない。

「失礼しますよ」

声を掛けて、扉を静かに押し開く。昼間なのに薄暗い室内には、広い机とそれを埋め尽くす本やペンや何か分からない物の山。あれは何かの干物《ひもの》だろうか。あっちに掛けてあるのは、動物の毛皮みたいだ。そして床にも散らばる、物と人。毛布に包《くる》まっている宮廷魔導士達を踏まないように気を付けながら、誠一郎は一番散らかっている奥を目指す。まるで本でバリケードを作っているかのような箇所を何とか跨《また》ぎ、そのバリケードの主である毛布の固まりに声を掛ける。

「イストさん。イストさーん、近藤です。経過報告を貰いに来ましたよ」

毛羽だった毛布がモゾモゾと動き、中から寝ぐせの付いたピンク頭が飛び出てきた。

「んあ？　もう朝～？」

「いいえ、昼です。正確には、夕の水の刻です」

普段から眠そうな目をさらに萎《しぼ》ませたミノムシ……ではなく宮廷魔導課副管理官のイストは、首がぐらぐらと座らない様子を見せつつ起き上がった。

宮廷魔導課副管理官。

読んで字のごとく、国を背負って立つ宮廷魔導課の副管理官。ＮＯ．２。

誠一郎とは同位で、実は年齢も同じだったりする。常に淀んだ目に隈をこさえた疲れた印象の誠一郎に比べ、どこかぼんやりとした子どものようなイストではなかなか同じ年に見られないが。

さらに言うならば、宮廷魔導課のＮＯ．１である管理官は貴族の地位でその座を勝ち取った者であり、実質宮廷魔導課で一番の魔導士は、この右頬《みぎほお》に毛布の皺《しわ》の痕《あと》とよだれの痕を付けた童顔のイストである。

魔法が当たり前で生活に密着したこの世界での宮廷魔導課といえば、花形の役場だ。

誠一郎も初めてこのごみ溜めのような魔導課を訪れたときには、驚いた。しかし、それと同時にどこか懐かしさを感じた。思い起こせば、誠一郎の日本にいた頃の職場はＩＴ企業だった。納期前のシステムエンジニアの墓場に、とてもよく似ていたのだ。そんな訳で、魔導課の人間以外はなかなか近付きたがらないこの部屋に、誠一郎は普通に出入りしていた。

「あーコンドゥ……久しぶりぃ～」

「ほんの六日ぶりです。それより経過報告をお願いします」

　イストは実質この国一番の魔導士であることは述べたが、それ以外がからっきしという人間で、魔法研究に脳みその全てを注いでしまった結果がこの感じである。ちなみに興奮すると敬語と息継ぎがなくなるので、同い年のよしみでもう最初から敬語はなしにして良いと言ってある。

　元の世界に戻るための【転移魔法】の研究……【帰還魔法】を任せたはいいが、予算を管理する身としては定期的な経過報告をもらわなければならない。それを元に、誠一郎も予算を配分するし、人事にも口添えができる。しかし相手は、このイストだ。

　いや、イスト以外の魔導士がすればよいのだろうが、魔導課は他にも仕事があり、誠一郎の持ってきた【帰還魔法】の研究ばかりに人は割けない。それに多かれ少なかれ、魔導士というのは、皆こんな感じであった。ゆえに、経過報告を書面で出すなど到底無理だと訴えられたときは「まぁそうだろうな」と思ったくらいだ。しかしどんな形であれ、教えてもらわない訳にはいかない。誰か魔導課に常駐させて報告をとも思ったが、専門職であるため、一般の人間が見ているだけでは何をしているかは分からないだろう。悩んでいると、イストが一言。

『僕が喋《しゃべ》るのを、コンドゥがまとめれば良いんじゃない？』

　そんな訳で、あっちこっち行ったり、爆走したりするイストの口頭報告を定期的に聞いてまとめている。それを少し離れたごみ溜め……じゃなかった、室内のあちらこちらで眺める他の魔導士達。

「異世界人すげぇ……」

「俺らでさえ、たまにイストさんが何言ってるのか分かんなくなるのにな……」

「専門用語とかもだけど、イストさんよく話が脱線するし、独特の喋り方だからな……」

「聞いて頭でまとめてからメモに書き出しながら、同時進行であの変なソロバン？　て道具も使ってるけど」

「異世界人って皆ああなのか？」

「異世界こえぇな」

「いや、多分だけど、あの経理課副管理官って人がおかしいんだと思う……。イストさんみたいに……」

「「あ〜〜〜」」

なぜだか無性に腑《ふ》に落ちた魔導士達をよそに、誠一郎のペンとイストのマシンガントークはしばらくの間止まらなかった。

「――なるほど、分かりました。人員もさることながら、研究に必要な道具を買うお金も必要みたいですね」

人も物も足りない。

「え、買ってくれるの〜？　やった〜〜」

「まだ買うとは言ってません。いったん持ち帰って試算し直します」

「いつ？　いつ買ってくれる？　明日？」

「だからまだ買うとは言ってないです。明日は教会へ行くので、こちらには来られませんよ」

「教会？　コンドゥ教会行くの？　じゃあアレ持ってきてよ、御神体」

「どう考えても無理でしょう」

セリオが結界を張ってあるとか言っていたから、御神体のある部屋に入るだけで誠一郎には命の危機となりそうだ。

その後、二、三確認して、再び研究に没頭し始めたイストに適当に挨拶して、他の魔導士達の話を少し聞いてから退室した。イストに任せた『帰還魔法』の他にも、魔の森の瘴気結界監視も魔導課が関わっている。

(床で寝るのは体も痛くなるし、睡眠の質が悪くなるから効率が悪くなる……。仮眠室でも作ってもらおうかな)

自分のことはさて置いて、魔導課の魔導士達がどうすれば効率良く研究を進められるか思案しながら城内を歩く。休日とはいえ、私服で王宮内をウロつくわけにはいかないので、いつもの官吏服に経理課の役職を示す肩掛けの短いマントを背負って歩く誠一郎は、覇気《はき》のない淀《よど》んだ目以外は城内に馴染《なじ》んでいた。

そこに、官吏服でも、侍従《じじゅう》服でも、そしてドレスでもない普通の格好をした少女が向かいから駆けて来るのが見えた。

「近藤さん！」

この世界で唯一《ゆいいつ》、誠一郎を正しい発音で呼ぶ彼女こそ、誠一郎をこの世界に引きずり込んだ、そしてこの世界を救う【聖女】白石優愛である。現代日本で何不自由なく暮らしていた女子高生だが、この世界の瘴気を浄化する聖女として突如として異世界召喚された少女だ。

こちらに来たばかりのときは、周囲からの歓待《かんたい》を受け、深く考えることなく聖女として王宮に住み、護衛の騎士とメイド達に囲まれ過ごしていた。しかし浄化の旅を経験し、この世界の危険性、自分の立場の危うさに気付き、使命を果たした後は元の世界に戻りたいと願うようになった。

「何だか久しぶりですねっ」

それと同時に、それまではあまり興味を持っていなかった誠一郎に対して、唯一の同郷人として、そして故郷へ戻るためにも頼りにしているみたいだ。

しかし。

「そうですね。ユーリウス殿下《でんか》もご無沙汰《ぶさた》しております」

「フン。お前の顔など見たくもない」

優愛の後ろから付いてきていたこの国の第一王子、ユーリウスに礼をしたが鼻であしらわれた。このように、誠一郎と優愛が接触することを優愛の元取り巻き達は良しとせず、誠一郎にだけ強く当たるので誠一郎からしてみれば面倒この上ない。

日本への帰還魔法の計画は自分のためでもあるのできちんと進めるから、優愛には以前のようにあまり関わらないでいてほしいのだが、残念ながら若干の人間不信となり、自分をちやほやしていた面々から距離を置きたい優愛からすると、誠一郎は唯一百%信じられる同郷の人間だ。異世界で不安を抱える十六歳の少女相手とあっては、さすがの誠一郎もあからさまに拒否もできない。以前誠一郎に暴行を行った騎士が処分を受けたことと、アレシュが目を光らせているおかげで他からの嫌がらせはないが、今現在目の前にいる、王子からはそうはいかない。

結果、聖女からの笑顔と王子からの睨みと嫉みを同時に受けなければならない。

しかし多少慎重になったと言っても、優愛はユーリウスの態度には気付かず話を続けた。

「この間、近藤さんに会いに経理課に行ったんですけど、近藤さんは別の仕事でしばらくいないって聞きましたよ？」

「ああ、今は別の場所に出向中なんですよ。今日は休みですのでこちらに」

仕事中にアポなし訪問はやめてほしいと思いつつ誠一郎は答えた。

「休みの日に？　制服を着て、職場に来てるんです？」

不思議そうにされたが、誠一郎も何が不思議か分からないので、同じような表情で当たり前に頷いた。この場合、正しいのは優愛の反応だ。

「？　そうなんですか、大変です……ね？　でもこっちにも来られるってことは、出向先って近くなんですね」

「はい、王都の教会に」

「えっ!?　王都の教会ですか!?　私が通っているのもそこです！」

「え？　ああ、そうか……」

言われて、そう言えばと思い出す。優愛は現在、王宮内に住みつつも通いで教会に行って、浄化《じょうか》や治癒魔法で手伝いをしている。一度目の浄化の旅の後は、自分を召喚し歓待した王宮内の者達に不信感を抱いて王宮を出たがった優愛だが、異世界の少女が一人で暮らしていくには難しいし、何かあっては大問題だ。誠一郎も加わって説得し、今は住居は王宮に、日中は教会に通って世界を広げるようにさせている。そして王宮から近く、聖女を迎え入れるに値する教会と言えば、一つしかなかった。

「教会での活動はどうですか？」

「はい、お祈りに来る具合が悪くなってる人を浄化したり、ケガをした人を治療したり、私にもできることがたくさんあって嬉しいです！　皆すごく優しくしてくれますし」

王宮内で勉強漬《づ》けよりもやりがいを感じているらしく、生き生きと優愛は話した。元来、勉強よりも実践《じっせん》派なのかもしれない。教会の面々の顔を思い浮かべて、首を傾げそうになったが、聖女相手では教会の人間は優しいかと思い直す。

「特にセリオ君……あ、色々案内してくれる修道士見習いの子なんですけど、すごい美少年ですよ！　その上すごくいい子で、いろんなことを教えてくれるんです！」

「…………へぇ」

「でも、私ほとんど毎日教会に通ってますけど、一度も会わないなんて不思議ですね」

「まぁ、教会内も広いですからね。私は主に事務仕事をしているので、礼拝堂などにはあまり近付きませんし」

「あ、そっかぁ。そういえば救済院の方も……」

「優愛、そなたは聖女なのだから、働かずとも浄化に集中すれば良いのだぞ」

優愛が何かを言いかけたタイミングで、ずっと放っておかれたこの国の最高権力者の跡継ぎが口を挟んだ。

「ユーリウス様……何度も言ってますけど、私は私にできることをやっていきたいんです」

「だから、そなたは聖女なのだから、浄化だけやっていれば……」

「だから、それが嫌なんです……！」

ユーリウスの言葉を遮《さえぎ》るように優愛は小さく叫ぶと、ハッとした顔をして謝った後、礼をして足早に去ってしまった。物陰から何人かの人間が後を追ったので、護衛の心配はいらないようだ。

　さて。

　何も見てない聞いていない体《てい》で、誠一郎は一礼してさっさとその場を去ろうとしたが、

「ちょっと付き合え……」

　第一王子のドスの効いた声で止められ、そうはいかなかった。

「なぜだ……！　なぜユアは私を拒絶するようになってしまったんだ……！」

　強制的に連行された王子の私室。豪華ながらも、意外と趣味のよい落ち着いた調度品でまとめられた室内。メイドがお茶を入れ、菓子を並べられるがもちろん口は付けられない。そして扉前には緑の装飾が施された鎧《よろい》を着た騎士……要人警護の第二騎士団がいて、出られそうにもない。誠一郎はため息を隠さず、椅子に座り直した。

「なぜユアは私ではなく、何の力もない虚弱《きょじゃく》なお前なんかを頼る。答えよ、コンドウ」

　優愛が「近藤さん」と呼んでいるのを誰よりも聞いているせいか、正しい発音で高圧的に呼ばれた。しかしなぜと言われても、これまでのことを考えれば分かるだろうに、なんと答えてほしいのか。

　聖女として【浄化】は果たすが、それが終われば元の世界に戻りたい優愛。

　聖女として【浄化】を終えても、国に残り子を為《な》してほしい国。

　王宮内で都合の悪い情報は伝えずチヤホヤしてきた者達と距離を置きたい優愛。

　王宮内で聖女を囲い込み、国の旗印《はたじるし》として外交や政治にも使いたい国。

どう考えても無理だろう。

特に、次の聖女の啓示を受けるためには聖女の子孫が必要なので、優愛との子どもを作りたがっている旨に優愛は気付いていないだろうが、王子からのアプローチは「別世界の人だから」と線引きできるようになっているようだ。気付いたら気付いたで、男女平等が根付いてきた現代日本のあの世代からは心底軽蔑《けいべつ》されそうだが。

これをこの王子様にどう波風立てずに伝えれば良いのか。

というか、聖女に並々ならぬ憧《あこが》れを持った王子ではない周囲の大人は気付いているだろうからやんわりと伝えろと、もう一度辺りを見渡したが、全員が全員誠一郎と目を合わせなかった。

押し付けられた。

「……恐らく白石……聖女様と殿下では、価値観が違うゆえにすれ違っておいでなのかと」

「価値観だと？　しかしユアの家庭は貴族位であるから、そうは違わぬだろう」

おそらく裕福な家庭なのだとは思うが、日本に貴族位はない。というか、まず世界が違う。

嘘だろう？　そこからか？　そこから説明がいるのか？　やっぱり誰とも目が合わない。

「いえ、私達の住んでいた国には貴族位は存在しません。以前はありましたが、今は撤廃《てっぱい》されております」

「そうなのか？　しかしそれでもユアは聖女だぞ？　聖女とは、手厚く扱われて然《しか》るべきだ。それなのに、最近のユアはそれすら嫌がるそぶりを見せる」

「…………遠慮しているのでしょう」

借りを作りたくないというか、単純に尽くされたくないのだろうなと思いながらも、当たり障《さわ》りのない言葉を選んでいく。

その後もぐちぐちと優愛に構ってもらえない不満を誠一郎に訴えるユーリウスを、日本のサラリーマンの固有スキルである【お茶を濁す】を使い続けた。

ユーリウス自身もこの国の第一王子であり、暇ではないため半刻経ってようやく「行ってよし」と言われて解放された。しかしようやく解放されたと思った誠一郎が開けた扉の先には、緑のマントを背負った、精悍《せいかん》な顔立ちの男が立ちはだかっていた。

(頼むから、仕事をさせてくれ)

誠一郎の休日《時間外労働》は、まだ終わらないらしい。


ロマーニ王国には騎士団が三つある。

第一騎士団は国の中の守護をする機関で、主に国内の警備を。

第二騎士団は国の中枢《ちゅうすう》、王家や貴族の警備を。

アレシュが団長を務める第三騎士団は、国の外、魔獣《まじゅう》や外敵から国を守護する。

各騎士団にはそれぞれ色が与えられており、第一騎士団は赤。第二騎士団は緑。第三騎士団は黒を纏《まと》う。ちなみに宮廷魔導課は紫を、法務課は青を、そして経理課は地味な茶色である。

つまり明らかに待ち伏せをしていたこの緑のマントを羽織った男は、第二騎士団団長ということになる。まぁそれ以前に、彼の部下が起こした不祥事《ふしょうじ》で思い切り迷惑を被《こうむ》った誠一郎は、既に顔見知りなのだが。ゆえに、若干眉間《みけん》に皺が寄るのは許していただきたい。

誠一郎は心の中で嘆息《たんそく》しながらも、礼の所作をとる。

「これはマコフスカー騎士団長。ご無沙汰しております」

誠一郎の礼に、ラディム＝マコフスカーは軽く頷いて応えた後、「ちょっといいか？」と訊いた。誠一郎の今日の予定は、午前中を経理課で仕事し、午後は宮廷図書館で調べ物をするつもりだった。既にユーリウスによって大幅にズレが生じているので、これ以上は勘弁してほしい。

「申し訳ございません、この後は少し所用が……」

「そう長くは掛からん」

拒否権がないなら訊かないでほしい。

連れていかれたのは、騎士詰め所の側《そば》にある応接間だった。ラディムに連れられつつ、ついつい周囲をキョロキョロと窺《うかが》ってしまう誠一郎を見て、ラディムは精悍な眉を下げた。

「……心配しなくとも、お前に手を出す騎士はもういない」

以前聖女のオマケがでしゃばるなと、第二、第三騎士団員に暴行を受けた誠一郎が騎士に忌《き》避《ひ》感《かん》を持つのは仕方がない。そう思って声を掛けたラディムだったが、誠一郎はそれどころではない。ここは騎士詰め所。つまり第三騎士団団長であるアレシュがいる可能性が高い場所なのだ。以前暴行を受けた件に関しては、傷はアレシュに治してもらったし、損害賠償金《そんがいばいしょうきん》をたんまり貰い、その上第二、三騎士団に借りを作れて予算組みや他の仕事も大変やりやすくなったのでもういい。そんなことよりも今は、アレシュに休日出勤が見つからないかだけが心配なのだ。普段から誠一郎に休め休めと言っているアレシュのことだ。休日に仕事に来ているのがバレたら、どんな目に遭《あ》うか……。下手したら休日は家に監禁《かんきん》される恐れがある。

いや、それよりもさらに恐ろしい、出勤日に休まされることにもなりかねない。

「…………それでお話とは……できるだけ、手短にお願いできますでしょうか」

「ああ……悪いな」

誠一郎は騎士のいる場所が嫌なんだと思っているラディムは申し訳なさそうに席を勧め、向かいに座る。

「話というのは、ユーリウス殿下のことなのだが」

まだ何かあるのか。

思わず顔を顰めそうになったが、第二騎士団は要人警護が主な仕事。彼らの仕事のほとんどが王族に関わるものだ。騎士団長が仕事熱心なのは良いことだ。

「どうにかして、殿下と聖女の仲を取りもってくれないか」

「帰ります」


「ん？」

第三騎士団副騎士団長、オルジフ＝ロウダは騎士詰所に戻る途中、あまり見ない色のマントを見つけ足を止めた。

「あれは……」

ブラウンのマントは、確か経理課だ。経理課は王宮内でも端の端にある部署で、こんな修練所近くに用などないはずだ。それに、マントを羽織るということは役職付き。経理課の役職付きと言えば、第三騎士団団長であり、オルジフの従兄弟《いとこ》でもあるアレシュが囲い込んだと噂の異世界人。

「確か名前は……コン……コン……オウ？」

「セイイチロウがどうかしたか？」

「!!」

気配もなく掛けられた背後からの声に、騎士でありながらオルジフは口から心臓が飛び出るかと思った。振り返った先には、予想通り先ほど思い描いた見慣れた美貌《びぼう》が。

「ア……アレシュ……。驚かすなよ……」

「お前が勝手に驚いたのだろう。それで、セイイチロウがどうした？」

恨《うら》みがましい目を向けられても、アレシュは相変わらず涼しい顔で言葉を重ねた。

「セーイチロ？」

聞き覚えのない名に首を傾げたら、「お前がさっき言ったんだろう」と言われ、あの異世界人のファーストネームだと気付く。

「ああ、さっき………」

言いかけて、はたと思い出す。昔から何でもできて優秀ゆえに、何にも興味を持たなかったアレシュがここ最近驚く行動ばかりしているのは、全てあの異世界人が関わっていたことを。

誰もが憧れる第三騎士団長という名誉を「押し付けられた」と言わんばかりに、面倒そうにこなしていたアレシュ。そんな態度でも、誰よりも強く優秀だった上に家柄も顔も良いときては、周囲も文句が言えないし逆にシンパが増えるくらいだった。それがどうしたことか、ここ最近は部下の動向にも目を配り、事務仕事も嫌がらずに進んでこなすようになった。しかも話を聞く限り、どうもあのアレシュ、あのアレシュがだ。恋までし始めたらしいのだ。だから仕事を頑張り始めたようだ。その話を聞いたときの興奮は忘れられない。

あの感情を母親の胎内《たいない》に忘れてきたのかってくらい周囲に無関心だったアレシュが。あのアレシュが誰かを特別に想うことができるなんて。しかもその相談を自分にしてくるなんて。オルジフは止まらない好奇心を騎士の精神で抑え付け、辛抱強くアレシュからの話を聞きだした。

アレシュの話は淡々としていたが、内容は思わず身悶《みもだ》えそうになるほど甘酸《あまず》っぱい感情がちりばめられており、オルジフは思わず自分の幼少期を思い出したほどだ。

つまり。

アレシュの『それ』は『初恋』と呼ぶに相応《ふさわ》しい『それ』で。

初めての感情に戸惑《とまど》っているらしい従兄弟の話をオルジフは嬉々《きき》として聞いた。下手に詮索《せんさく》などしたら、もう相談などしないとなるかもしれないからと相手のことは最低限しか聞かなかった。一方でオルジフは注意深くアレシュの周囲を探った。だって知りたいに決まっている。だが、残念ながらアレシュの周囲にそれらしい人物は見当たらなかった。例の異世界人以外は。

アレシュのあの異世界人への言動は、もはや過保護を越えていた。異世界人がその場にいるときは、どんなことがあろうとも彼を優先し、常に心配し、おまけに家を出て、異世界人を引き取って同居まで始めたと聞いたときに、オルジフは確信した。

アレシュの『それ』の相手は、あの異世界人であると。

アレシュから相談を受けていなければ、見逃したかもしれない。現に周囲は「インドラーク騎士団長って意外と面倒見良いんだな」程度に見ている者が多い。それほどまでに、あの仕事中毒の変人とアレシュは結びつかなかった。

　しかし意識して見れば、アレシュの異世界人に対する独占欲は相当なものに思えた。そんな異世界人が、ラディム団長に連れられ応接間に入って行った。そんなことを伝えたらどうなるか。答えは火を見るよりも明らかだ。勤務時間中ということもあるが、何よりも騎士団の団長同士が揉《も》めるのは良くない。オルジフはしらばっくれることにした。

「いや、次の遠征《えんせい》の話を聞いたからさ、あいつは来ないのかなと思って」

「前回は上からのごり押しと瘴気封印計画の下調べのために来たが、本来アレは魔の森に連れて行くべきではない虚弱体質だ。二度と行かせない」

　決定権がアレシュにあったっけ？　と思いながらもオルジフはうんうんと頷いて同意した。とにかく早めにここを離れた方が良いだろう。

「そう言えばその遠征についての書類が届いてたんだよ。執務室にあるから、目を通しておいてくれないか？」

「分かった」

　頷き、迷いのない足で数歩進んだアレシュが、一度足を止め振り返った。何か勘付《かんづ》かれたかと身構えたオルジフに対し、初恋真《ま》っ只中《ただなか》のアレシュは真剣な表情で口を開いた。

「セイイチロウをセイイチロウと呼ぶのは、俺だけでいい。ファミリーネームはコンドウだ。呼ぶならそう呼べ」

　オルジフは砂を飲み込む思いで返事をした。

一方メイドのミランに出迎えられ帰宅した誠一郎は、部屋に入るなりため息を吐《つ》いた。午後からの予定は結局、ユーリウスの愚痴《ぐち》とラディムによる王子の恋を成就させ隊勧誘によって潰されてしまった。

（散々な目に遭った）

国としては、次の聖女への神託のために聖女の子孫を残したいのは分かる。誠一郎の打ち出した政策である『瘴気結界』が上手《うま》くいけば聖女は不要になるが、いつ何時、何があるかは分からない。保険を掛けたい気持ちは理解する。おまけにあの王子殿下は、若干夢を見過ぎの部分はあるものの、優愛にお熱のようだし。優愛自身がそれを望むのならば、帰還については要相談だが、現状優愛はユーリウスとも距離を置きたがっている。そしてそれが分からないユーリウスがぐいぐい行ってさらに逃げられている悪循環だ。そもそも向こうの女子高生的感覚で言うなら、「保険に子どもが欲しいので嫁になれ」とか言ったら「キモい」の一言で一刀両断されそうな気がする。

「何だかお疲れの御様子ですね」

誠一郎のマントを掛けながらミランが声を掛ける。なるべく自分のことは自分でしたいと申し出てはいるが、「これが私の仕事ですので」と押し切られてなんだかんだと世話を焼かれてしまっている。「仕事」の三文字にメチャクチャ弱いことを早い段階から気付かれている。

「いえ……まぁ、そうですね」

普通の仕事の何倍も疲れた。

頭を振って、誠一郎は思考を仕事モードに切り替える。教会の方での資料集めは順調だ。明らかに敵視されている感じはするが、セキュリティが基本ガバガバなので問題ない。そもそもセキュリティがあっても、誠一郎は国から正式に出向している監査員だから、本来ならば資料は向こうが提出すべきではあるのだ。それに別の町に出張中の司教と経理担当もそろそろ戻ってくるはずなので、それまでに資料は揃《そろ》えたい所だ。問題は、教会と貴族といった政治的立ち位置への疎《うと》さが足を引っ張りそうなことだ。

　誠一郎自身は経理課の人間なので数字だけ追いたい所だが、今回の件はそうも言ってられないようだし、この国では基本的に貴族のしがらみなどが付いて回る。ノルベルトの話では、教会内の権力者は皆元々貴族であることと、教会に送られることは対外的には名誉なことだとしつつ、あまり皆行きたがるものではないらしいこと。

　教会内の権力者と言えば、あの人の話をあまり聞かない司祭がまず思い浮かんだ。

　彼が見るからに貴族の立ち居振舞いだったので、ノルベルトの話も何の疑問も抱かなかった。むしろ最初から貴族だと思っていたくらいだ。彼は自分の仕事に自信を持っているように見えたし、完全に献身的な信者だった。

　でも確かに、セリオ達修道士見習いに指示を出している中には、やたらと居丈高《いたけだか》な人物も見受けられた。あれが貴族出身者達なのだろう。そうすると彼らのあの態度も、教会にいる自分自身への不満をぶつけてきていると思えば理解できた。

　誠一郎的には、仕事は仕事なので、どんなに嫌な仕事でも指示された以上はやるしか選択肢はない。そのため、根っこの部分は理解不能だがそうなりえる経緯は、理解できるという意味でだが。

そういえば、教会に入った貴族は家と全て断絶するのだろうか。たしかシーグヴォルドも家名は名乗っていなかった。

ちょうどミランが着替えを下げて行っていたので、聞いてみた。彼女も侯爵《こうしゃく》家に長く務める身なので、誠一郎なんかよりもよっぽど貴族事情に詳しい。

「様々でございますね。教会に所属する以上は、どこかの家に肩入れする訳にはいきませんが、人によっては実家からの援助を受ける方もおられます。それに良家の子女にいたっては、行儀《ぎょうぎ》見習いで一時教会に預けられる場合もありますから、全く断絶という訳ではありません」

言われてみれば、教会内を探検した際、やたら豪華な部屋もいくつかあった。そこが預かった貴族の子用なのか。

まだまだ知らないことが多い。やはり一度、カミルに確認した方がよいかもしれない。しかし相手は国の宰相。この国で一番多忙と言っても過言ではない存在のため、向こうから急に呼び出されることはあっても、こちらから面談を申し出てもいつになるやら。

「失礼いたします」

ミランと入れ違いのように、きちんとノックして入ってきたのは、この家の執事であるヴァルトムだ。

「アレシュ様がお戻りになられました。よろしければ、お出迎えをお願いいたします」

完璧な礼で言われ、時計を見るとまだ風の刻（十七時頃）であった。今日はずいぶんと早い。というか、危なかった。もう少しで誠一郎の方が帰宅が遅れ、その上官服で出くわす所だった。

肝を冷やしながらも、迎えに出る。ヴォルトムはアレシュが幼少のときから仕えているらしく、執事ではあるがまるで親のように全面的にアレシュの味方であり、唯一の諭《さと》せる相手だ。

　そんなヴァルトムに出迎えを頼まれるということは、つまりはそういうことであるのだが、それにはいったん目をつむる。一度この家の使用人達は、自分をアレシュのなんだと思っているのかは聞いてみたいとは思っているのだが、なかなかその勇気が出ない誠一郎であった。

「おかえりなさいませ、アレシュ様」

　家というよりも、ちょっと良いビジネスホテルのエントランスホールのような広さと豪華さの玄関ホールで出迎えの挨拶をすると、アレシュは一瞬目を見開き、秀麗な眉を顰めた。

「…………何を企《たくら》んでいる」

「何という人聞きの悪さですか」

　マントと荷物をミランに渡しながらも、なおもアレシュは怪訝《けげん》な顔で誠一郎に近付いてきた。

「私だって家主の出迎えくらいはします。私をなんだと思っているんですか」

「度を越えた仕事中毒者」

　出迎えに出てこの言われようである。もう次からは出るのは止めようかなと思うが、アレシュの骨ばった手は誠一郎の側頭部を撫《な》でている。セリフと行動が合っていない気がするが、どうやら喜んでいるようだ。

　しかし生まれも育ちも慎《つつし》みの国日本の誠一郎は、その手からさりげなく距離を取る。

「…………」

　アレシュの眉間の皺が増えたが、ミランとヴァルトムの前でこれ以上は無理だ。そ知らぬふりで下がろうとする誠一郎の背に、アレシュの通りの良い声が投げかけられた。

「次の遠征の資料があるが、見るか？」

「見ます！」

即答して、嬉々としてアレシュの部屋に付いて行った。

「今回の遠征で浄化は完了する予定なのですから、結界用の魔導士や建築家も一緒に行って近くの村に待機する案を出していたのですが、通りませんでしたか」

その方が遠征費用が安くつくのに、残念だ。

「浄化は完了予定ではあるが、確定ではない。浄化後の確認も必要だし、そもそも魔導士不足で結界が張れるだけの魔導士など同時に集められないだろう」

「結界は結界で遠征を組み直しですか……」

宮廷魔導課の予算は改正して増やせたが、人員はなかなか増えない。誰でもなれる訳ではないのでなかなか難しい。

「宮廷魔導課への就任は、一定以上の魔力ですよね。それを越える人はそんなに少ないのですか」

魔法が当たり前のこの世界なので、誰でも魔法が使えると思っていたがかなり個人差があるらしい。

「その上【魔の森】勤務となると、魔素耐性も高い方が良い」

魔力も魔素耐性も個人差が大きく、両方を兼ね備える人間はほぼ特殊能力に近い。だからこそ、第三騎士団は憧れの的であれだけ大きな顔をできるのだが。

「第三騎士団員は精神力、筋力が強く魔法コントロールに長《た》けている。魔力があっても、コントロールできなければ意味がないからな」

「それって、暴走とかするってことですか？」

小さい頃に見た、漫画やアニメでキャラクターが超能力を暴走云々《うんぬん》というのを思い出して尋ねると、アレシュは静かに頷いた。

「そうだ。だからそういった傾向のある子どもは大体教会に預けられる」

「教会に……？」

言われてみれば、教会は至る所に結界が張ってあった。その上、貴族と庶民、身寄りのない子どもが混合して働いていた。あれは身分に関係なく『魔力が強くて魔素耐性が強い者』が集まった結果だったということか。

「なるほど、そうか……」

うつむき考えこむ誠一郎の露《あらわ》になった首筋に、柔らかいものが触れた。

「アレシュ様……」

「何だ」

答えながら、誠一郎の指に絡《から》められていたアレシュの指が動く。資料を見せてもらう条件として、ソファに座るアレシュの足の間に座らされていた誠一郎が逃れるすべなどあるはずもなく、右手は拘束《こうそく》され、左手は内腿《うちもも》に滑《すべ》らされる。

「ンッ……」

「結界を重ね掛けしておくぞ」

耳元で、あの歌のような呪文《じゅもん》が紡《つむ》がれる。

温かい熱に包まれ、ぼんやりとしつつも、誠一郎は以前よりもしっかりとした意識でアレシュを振り返る。

「アレシュ様……ん……口で、口でしますから……」

魔力を馴染ませるには、密着する以上に、体液を摂取《せっしゅ》するのが一番手っ取り早いのと、魔法のお礼を込めての提案だったが、アレシュには首を振られた。

「いや、いい。それより、こっちを向け」

そう言って、軽々と誠一郎の体の向きを変える。向かい合わせ、いわゆる『膝抱《ひざだ》っこ』の体勢になり、さすがの誠一郎もぎょっとしてアレシュの膝から降りようともがく。

「アレシュ様！　重いですから……！　下ろし……っ」

「重くなどない。いいから大人しくしろ」

重くない訳がない。こちとら仮にも成人男性なんだぞ!?　と思うも、アレシュの腕に拘束され、ビクともしない。そのうち疲れて力を抜くと、アレシュの腕の拘束も解《と》けた。

「って、何して……ぅっ」

腰紐《こしひも》のみで留められていた部屋着のズボンを寛《くつろ》げられ、中を直接撫でられた。

「う、あ……っ、私はいいので、アレシュ様を……ッ」

何とか腰を引いてアレシュの手を逃れようとするが、下着の中に入れられたアレシュの大きな手に撫でられ揉まれ、息が詰まる。すこしずつ下半身から水音がしてきてしまった。

「ああ……」

ぬるり。

アレシュの欲情して色付いた低い声がしたと思ったら、今度は引きずり出された誠一郎自身に、手とは違う熱が擦《こす》りつけられた。

「!? あ、アレシュ……ひっ！」

目を剝《む》く誠一郎の視界の中、アレシュのものと誠一郎のものが、アレシュの大きな手に包まれ同時に擦り上げられる。逃れようにも、魔力酔いで力が抜けてしまっているし、もともとの腕力もアレシュの足元にも及ばない。せめてもの抵抗で、懸命に腰を引きながらアレシュを説得しようと試みる。

「……ッ！　ぅあ、あ、アレシュさま……っ！　く、口で……っ、んん！　口でお願いします！」

「ダメだ」

掛かるアレシュの熱い息に顔を上げて、後悔する。

ものすごい至近距離に、頰を赤らめ、紫の瞳を欲情で濃くした美青年が、こちらを見ていたのだ。

「あ、アレシュさま……っ、むりで、すっ、……これ、恥ずかしすぎる……ッ」

「は……よく喋る、口だ……」

熱い息を吐きながらそう呟いたアレシュが、そのよく喋る口に食いついた。

「んむっ……ん……ぁ……んんっ」

「は……ん……」

上も下も、恥ずかしい水音が響き、誠一郎はもはやアレシュにしがみつくしか、なすすべは

なかった。

結局のところ、誠一郎に恋愛の相談をするのは皆筋違いなのだ。

何せ、自分の恋愛関係にも、未《いま》だにまともに向き合えていないのだから。

第三章　計画しました

翌日、目が覚めるとやはりアレシュの腕の中だった。昨日散々触れ合わされた体に包《くる》まれての目覚めには、もう慣れてしまって安心感すらあるかもしれない。

（いやいやいや）

そこまで考えて、誠一郎《せいいちろう》は頭を振った。

（慣らされてどうする）

アレシュはこの年で花形の騎士団の団長を務めるだけあって、地頭がとても良い。その上学習能力が高く、勘《かん》も良い。誠一郎の『流され易《やす》い』とは少し違う、無駄《むだ》を嫌い、効率よく現状で最大の効果を得るために持つ性質の『順応能力の高さ』を明確に狙《ねら》ってきている気がする。厄介《やっかい》な相手だ。

しかしさすがにこれは『効率の良さ』で受け入れてはならない種類のものだ。そのくらいの道徳心は誠一郎にもある。

「…………ん、起きたか……」

落ち着こうと素数を数えていたら、頭上から普段よりさらに低く気怠《けだる》げな美声が漏《も》れてきた。

「あ……おはようございます」

条件反射で挨拶《あいさつ》したら、少しだけ目元を綻《ほころ》ばせたアレシュに、答えの代わりにキスをされた。

今朝は油断していて、完全に恋人同士の朝を演出されてしまった。教会へと向かう馬車の中、誠一郎は頭を抱えそうになるのを堪《こら》え、ため息を吐《つ》いた。

気をしっかり引き締めなくては。次の浄化遠征《じょうかえんせい》は六日後。これが最後になるかどうかの確証はない。そのため、誠一郎も予備の遠征の予算計画書も用意しているし、浄化が完了した場合の結界管理者のための建築物などの予算案も提出済みだ。

問題は、結界の作成に掛かる人員と、管理者の選出だ。第三騎士団は遠征に同行しているし、本来の業務とは違う案件なのでこれ以上使うのはまずい。いや、できれば結界術のときだけでも手伝ってほしいし、アレシュも多分誠一郎が頼めば否《いな》とは言わないだろう。だが、ただでさえアレシュ、引いては第三騎士団にばかり頼っているので、王宮内のパワーバランスが保てなくなる心配がある。それもあって今回誠一郎は教会へ出向させられているのだから、カミルに遠回しに第三騎士団以外のあてを作れと言われているのだろう。

そうはいっても、どちらも言わば体質的なものが関わってくる業務であるので、集まりは悪いようだ。

宮廷務めは貴族じゃなくともできる。特に魔導課は特殊技能の集まりなので、貴族以外が多い。副管理官のイストも商家の三男坊だ。とは言え、そもそも魔法の扱いには基礎学習が必要である。字が読めないと話にならない。その上、王宮勤めとなると最低限の礼儀《れいぎ》作法も身に付けなければならない。そのため庶民《しょみん》でも早いうちに魔法の才能に目覚めるか、家計に余裕のある子どもしか進めない魔法学校への入学が必須《ひっす》となる。そうなるとおのずと人数は絞《しぼ》られてくる。魔法力のある者は、どこの職種でも引く手数多《あまた》なのだ。王宮勤めが名誉《めいよ》であるとは言え、正直貴族のお抱え魔導士の方が収入は良い。その上、今までは騎士団に圧《お》され予算もいまいちで研究も進められなかったとなれば、なかなか就《つ》こうとする者がいなかったのも頷《うなず》ける。

　結界管理人は交代制で六人は確保したいと、誠一郎は考えている。六人も宮廷魔導課から引き抜くことはできないので、やはりどうしても新たな人材が必要だ。

　そんな風に考え込んでいるうちに、馬車は目的地に到着したらしい。声を掛けられ、木造りの荷台から降りる。周囲のレンガ造りの家々とは違う、石造りの白い建物を改めて見上げ、誠一郎は思案する。

（教会預かり、か……）

「チッ、今日も来たのか邪魔な奴《やつ》」

　出会いがしらの舌打ちにもすっかり慣れたもので、誠一郎は舌打ちに挨拶を返す。

「おはようございます、セリオさん。今日もお忙しそうですね」

　若草色の睫毛《まつげ》を瞬《しばたた》かせながら、セリオは相変わらず常に誠一郎を睨《にら》み、声を荒らげている。

「お前がいるせいだよ！　忙しいのに、お前のせいで仕事できないんだからな！」

　セリオ達修道士見習いを含め、この教会の者達の仕事は多岐《たき》にわたる。この広い教会内の掃除から、礼拝に来る市民のもてなし、救済院の世話に本来の勉強と教会主催の行事などだ。

　放っておいても構わないのだが、再三にわたり誠一郎が好き勝手出歩いて資料を無断閲覧《えつらん》したため、さすがのセリオも今日は誠一郎の監視につくつもりらしい。同じ部屋でジッと睨んでくるので、とりあえず誠一郎も今まで写していた資料をまとめることにした。

しかし、その時間は一刻ももたなかった。

「おい、セリオ。何をやってるんだ、救済院の手伝いはどうした」

誠一郎を見張りながらも自分の仕事をしていたセリオに、突然ノックもなしに部屋に入ってきた二十歳前後の修道士の格好をした男が、不遜《ふそん》な態度でそう言った。

「え……。いや、今日僕はこいつの見張りだから代わってもらうように……」

戸惑《とまど》うセリオだったが、相手の男はチラリと誠一郎を見て鼻で笑った。

「そんな奴放っておけば良いだろう。どうせ何もできないオマケの異世界人だ。それよりも、救済院の手伝いなんてお前らの仕事だろう。こっちに振るな」

セリオ達と自分達、と明確に線引きするその姿に、噂《うわさ》の貴族出自の修道士かとなりゆきを眺《なが》める。誠一郎には威嚇《いかく》しっぱなしのセリオも、男に言い返せる立場ではないらしく、困惑《こんわく》し誠一郎をチラチラと見ながらも了承して部屋を出て行った。

残った男も、誠一郎に「平民の異世界人が勝手なことをするなよ」と吐き捨てて出て行った。


「――――で、今ここにいらっしゃると」

「はい」

シーグヴォルドがこめかみを押さえながら言うのに、誠一郎は真面目《まじめ》に返事をした。

ところ変わって教会内の図書室で、もちろん大人しくなんてする訳のなかった誠一郎は、シーグヴォルドに見つかっていた。

「全く……困った者達だ。セリオを呼んできますから、部屋に戻ってください」

その『達』に自分は含まれていないと思っている誠一郎は、「ああ、それなら」と口を開いた。

「私も救済院にご一緒させてください」

「…………なぜですか」

なぜと聞かれるとは思わなかった。誠一郎は、首を傾《かし》げながら答えた。

「救済院も教会の管轄《かんかつ》なのですから、査察対象です。まだ遠目にしか見ていなかったので、ちょうど良かったです」

誠一郎の仕事は、教会内の支出と収入の確認だ。教会内で掛かる費用は全て把握《はあく》しないといけない。

「それに私が救済院に行けば、セリオさんは救済院の手伝いをしながら私の世話係という役割も遂行《すいこう》できます。その方が効率が良いでしょう？」

「効率…………まぁ……良いでしょう」

渋い顔はされたが、了承は取れたので早速救済院に向かう。

教会に併設されている救済院は、今まで遠目に見ただけだが、幼児からセリオくらいまでの年齢の子どもが見えた。

「資料によりますと、現在の子どもの数は二十八人でよろしいですか？」

「救済院の資料などどこで……初日の資料室ですか」

「ええ、まぁ。それで、卒院の規定などはあるのですか？」

「貴方《あなた》のその悪びれないのは官吏《かんり》だからですか？　それとも性格ですか？」

「よく言われるので、多分性格でしょう。卒院は年齢規定で合ってますか？」

幾分声の低くなったシーグヴォルドに素知らぬ顔で重ねて尋ねると、憮然《ぶぜん》とした表情で頷いた。

「……そうです。救済院で預かれるのは十二歳までで、十二になった者は洗礼を受けて修道士見習いになるか、市井《しせい》で住み込みの職場に就きます」

十二歳以上に見えるのは、修道士見習いらしかった。

「なるほど。職場はどういった所になりますか？」

「使徒様、お言葉ですがもう少しアブラーン神の使徒らしく振舞った方が……」

「使徒ではありませんので。それで、身寄りのない子どもたちの就職先は？」

明らかに不満そうなシーグヴォルドに構うことなく先を促《うなが》す。

「身寄りのない子ども達の就職先は、主に職人への弟子入りです。技術職で修行を積めば、食《く》い扶持《ぶち》に困りませんから」

「職人？」

市場で会ったシグマと同じようなことを言っているので、それがこの国の見識なのだろう。

しかし、職人？

「子ども達の多くは魔力を多く持っていると聞きましたが、それを活《い》かす就職先ではないのですか？」

瞬間。

シーグヴォルドの紫色の瞳が強い色になった。

「!?」

【結界】を張っていても分かる、魔力の波動に、誠一郎は体を硬直させた。

「どこで、何を聞いたか知りませんが……」

シーグヴォルドの整った顔が色を失くし、紫の瞳だけが爛々《らんらん》と輝いて見えた。

「あの子達の中には、魔力制御ができず親元にいられなくなった子も多いです。ここではその制御を教え身に付けさせ、普通に暮らせるようにさせているんです」

魔力暴走を防ぐための教会預かり――。

昨夜アレシュもそんなことを言っていた。

確かに、魔力暴走の恐れがある子を親元に置いておくのは危険だろう。

しかし『いられなくなった子』……？　まるで実際に問題を起こして、やむを得なく教会に預けられたような……妙に実感のこもった言い方だ。

「……そうですか。それでは、救済院内での活動を教えてもらえますか？」

この件でシーグヴォルドをつつくのは得策ではないと察した誠一郎は、あっさりと引いた。

「それはセリオに訊《き》くとよいでしょう。……ああ、こちらに気付きましたね」

シーグヴォルドもそれに倣《なら》い、元の雰囲気に戻った。おそらく魔力も引っ込めてくれたのだろう、息がしやすくなった。

集団の中から、若草色の頭が駆け寄ってきた。

「お前！　こんな所まで何しに来た!!」

開口一番怒鳴りつけられたが、誠一郎はどこ吹く風で答える。

「セリオさんは私の案内役で監視役ですが、救済院の仕事もしないといけないと言っていたので、両立できるように私が救済院に来ればいいと思いまして」

「そ……それは……」

「今日の当番はフレードリクだったはずだろう。全く……次また同じことを言われたら、私に言ってきなさい」

「はい……」

シーグヴォルドに叱られ小さく返事をするセリオを眺めながら、誠一郎は「無理だろうな」と思った。こんなこと、告げ口したところで悪化する状況しか見えない。貴族出身らしいフレードリクは、見るからに気位が高い上、セリオの様子を見るに日常的なものなのだろう。シーグヴォルドもおそらく貴族出身だが、種類が違う。シーグヴォルドは誠一郎に勝手な行動は慎《つつし》み、使徒という自覚を持つようにと念押しをして教会に戻って行った。

シーグヴォルドが見えなくなった途端に、セリオがギッと誠一郎を睨む。

「なんで救済院まで来てるんだよ！　お前みたいな奴の来る所じゃないんだよ！」

「なんでって……さっき説明したじゃないですか」

セリオの仕事を両立させる（という名目で救済院の査察をする）ためだと。

「聞いたけど、嘘《うそ》だろ」

指摘されて、誠一郎は目を瞬いた。

「嘘では……」

「嘘だろ！　だってお前なんかが、お前みたいな官吏が、ここに来るわけがないだろ！　同じ異世界人だって、聖女様みたいな……」

「あ、近藤《こんどう》さんじゃないですか～！」

セリオの心からの叫びは、その聖女様の明るい声に遮《さえぎ》られた。

駆け寄ってきた優愛《ゆあ》は明るい日の下で見るせいか、城で見るのよりも簡素な衣装のせいか、日本にいたときのようにどこにでもいる明るい少女に見えた。

「本当に教会に来ていたんですね、近藤さん！」

誠一郎の目の前まで駆けてきて、にっこりと人好きのする満面の笑みを見せてくる。息切れのみじんもない様子に、改めて若いって良いなと思いながら誠一郎も薄い笑顔を返した。

「だから言ったじゃないですか」

「だって探しても見えないんですもん。今日はどうしたんですか？　こっちの方には来ないって言ってませんでした？」

「ちょっと査察に。白石《しらいし》さんは、ここで何を？」

浄化の力と、回復魔法の使える彼女は教会ではそういった方面で働いていると聞いていたはずなのに、なぜ礼拝堂や治療室ではなく救済院にいるのだろう。

「あ、私最近救済院のお手伝いもしてるんです」

（なぜ……？）

誠一郎は顔を顰《しか》めそうになるのを何とか耐えた。

なぜ聖女として唯一《ゆいいつ》無二の力を持ち、必要とされているのに別の仕事をするのか？　適材適所という言葉を知らないのか。救済院の手伝いは他の者にもできるが、浄化は彼女にしかできないのを分かっているのか。そんな思いが頭を過《よぎ》ったが、相手が未成年で就業義務もない少女だということを思い出し、ぐっと我慢《がまん》した。

「…………そうなんですか」

「はい！　あ、でもここの救済院って……」

優愛が言いかけたとき、突如として二人の間に白い手が差し込まれた。

「あ、あのっ！」

「「？」」

こげ茶の瞳の視線が、若草色の頭に集まる。

「ふ、二人は仲が悪いんじゃぁ……」

「え？」

「は？」

これにまたしても同じように、誠一郎と優愛は首を傾げ、お互いを見た。その様子に、セリオは睫毛の多い目を見開いて固まっている。

優愛と仲が悪いかと言われれば、実際「一度たりとも仲が悪かったことなどない」。

誠一郎は優愛を正直面倒に思っていたが、別に憎んではいないし。優愛も最初は異世界に浮かれて誠一郎をないがしろにはしていたが、別に嫌ってはいない。さらに言うならば、現時点では『頼りになる同郷の大人』として懐《なつ》いてさえいる。そして誠一郎も、素直に言うことを聞いて、いらないことをしないでくれるならば、聖女である優愛はとても良い手駒《てごま》になるので歓迎する。

　そんな訳で、過去にさかのぼっても二人が仲が悪かったり、対立した事はない。しかしそれを聞いてセリオの顔色は真っ青になっていく。

「え……で、でも……だって……コイツは聖女様の御威光《ごいこう》に陰りを…………」

　もしかして、魔の森の結界計画……そして聖女制度の廃止計画のことを言っているのだろうか。

「え？　どうしてそれで私と近藤さんが仲悪くなるの？」

　当の優愛は、狼狽《ろうばい》するセリオに純粋な瞳できょとんとしている。

「どうしてって、だってそれじゃあ聖女様の意義が……」

「うん、なくなったら元の世界に戻れるから、すっごく嬉《うれ》しい！」

　今度こそ、セリオが完全に固まった。

　なるほど、教会の面々に目の敵《かたき》にされていたのは、彼らの信仰の対象でもある聖女の意義を失くそうとしていること、そして聖女の敵と思われていたかららしい。王宮から来た官吏に突っかかるなんておかしいと思っていたが、これで合点《がてん》がいった。誠一郎は一人納得しつつ、一応優愛に釘《くぎ》をさしておく。

「白石さん、結界が上手《うま》くいっても、すぐに戻れるわけじゃないですからね」

「あ、分かってま～す。戻るための魔法も完成させないといけないんですよね！」

浄化が終わったら、そっちの手伝いも頑張ります！　と小さな両手で握りこぶしを作る優愛を見て、誠一郎はイストと会わせて大丈夫だろうかと思案した。イストほどではないが、優愛も思い込んだら一直線の傾向がある。二人を会わせたら、嫌な化学反応を起こす気がしてならない。まぁ今はそれは置いておくとして、ここに来た目的を果たさなくては。

「白石さんは救済院にはよく？」

「え？　ううん、今日でまだ四回目です」

聞けば、礼拝堂に聖女を見に来た身寄りのない子ども達に会って、興味を持ったらしい。

「あ、それでここの救済院って……」

そう言えばさっき何か言いかけていたなと思い出す。

「はい、どうかしましたか？」

聖女の前ではなかなか悪い面は出さないだろうが、逆に聖女相手だからこそ秘密を打ち明けているかもしれない。誠一郎はそう思い、続きを促した。

「子ども達に全然教育をしていないんです！」

「………はい？」

優愛は興奮で顔を赤くして続ける。

「だって学校にも行かせないで、毎日救済院の手伝いをしてるだけなんですよ！　これじゃああの子達の将来のためにはならないと思うんです！」

優愛によると救済院では一日中、大きい子は小さい子の面倒を見て、掃除洗濯《そうじせんたく》料理などを行う共同生活で、セリオ達教会の修道士見習いが数人と町の女性達が手伝ってくれる程度で自分達のことはほぼ自分達でやっているという。

「…………白石さん」

誠一郎が何か言いかけたのを、優愛が首を振って制止する。

「学校へは、皆が通える訳じゃないことは分かっています」

そのくらいの理解力はあったらしい。

「でも、親がいないというだけで、学ぶ機会がなくて、小さいときから働きづめなんて、かわいそうです……」

誠一郎の知っている町の子どもだって、母親はいるが父親を亡くしたせいで幼い頃から働いて学校へは通っていない。下町には、そういう子どもはごまんといる。ここは、そういう世界のそういう国なのだ。現代日本と比べてはいけない。

だが、誠一郎も優愛の言いたいことの欠片《かけら》くらいは同意できる。

『職業選択の自由がない』

この点が引っ掛かるのだ。

というか、もったいない。せっかくの才能、せっかくの人材を生まれや育ちで失うのは国の損失である。シグマは絶対に才能があるし、救済院の子らの魔力も惜《お》しい。

「だから何とかできないかなって……」

聖女である優愛は、それよりも先にするべきことが山ほどあると思うが。

「聖女様は優しいですね……でも、無理だよ」

振り返ると、ようやく石化が溶《と》けたらしいセリオが可愛《かわい》らしい顔を歪《ゆが》めて言った。

「救済院にはそんな時間もお金も余裕もない。洗濯や掃除も自分達でやらなきゃならないんだから」

「でも……セリオ君だって、小さい頃はなりたい職業とかあったんじゃないの？」

「それは……っ」

「救済院のね、小さい子が言うの。『大きくなったらお城に勤める魔法使いになりたい』って。『騎士になりたい』って子もいた。それが生まれや育ちだけで叶《かな》わない世界、私はおかしいと思うの」

「聖女様のいた世界は……とても平和な世界だったんですね……」

「私がいた世界にも、戦争や、差別もあったし、救済院もあるよ。でも皆が同じように勉強をして、努力した人が夢を叶えられる。私はここの人達にもそうなってほしいって思う」

「無理だよ、だって………」

セリオの瞳に、うっすらと涙がにじむ。

「いきなり全部は無理ですが、一考の価値はありますね」

誠一郎は持っていた紙に魔法ペンで走り書きしながら、視線を落としたまま口を開いた。

「教育事業は一度に広めるのは難しいですが、学校に行けない者向けの私塾《しじゅく》のようなものを開くというやり方があります。場所を教会にすることで、各都市に広まりやすく、市民の教会への信頼度も上がり、礼拝者も増える。市民からの関心が上がれば、これは希望的観測ですが教会への手伝いも増えるかもしれません」

「なっ、はぁ!?　そんな上手いことといくわけ……」

「わぁ！　すごい！　青空教室ですね！」

「せ、聖女様……っ！　教材なんかはどうするんだよ！　救済院だけで何人いると思ってんだ！　そんなの揃《そろ》えられるわけがないし、大体救済院の仕事はどうするんだよ！」

「何も人数分揃えなくても、交代制にすればかなり数は減らせます」

「こ、交代制……？」

　誠一郎は紙に書いたメモをピラリと見せる。

「こんな感じで、救済院の子達は三グループに分かれて、火の曜日は一のグループが授業を受け、二と三のグループは仕事を。次の水の曜日には、二のグループが授業で一と三は仕事、といった具合にすれば回らなくはないでしょう」

　この世界は一週間は六日制。勉強し慣れていないのならばなおさら、毎日ではなく週に二回程度で十分だろう。教材もそうやって共有品として順番に使えば三分の一で済む。

「教材も簡単な読み書きと計算を主軸に教える程度で良いと思います」

「え、でもそれじゃあいろんな職には……」

「そう何でも急に進むものではありません。読み書き計算ができるだけでも、町では重宝されて職業の幅は広がります。それに、才能が見出《みいだ》されれば実際の学校に進んで学べば良いんですから」

　奨学金制度も良いな。王家に出資させて、賢い子は上の学校に進む手助けをするのもアリだろうと誠一郎は目論《もくろ》む。これで優秀な人材が育てば、恩ある王宮に来てもらえる。青田買い、いや光源氏《ひかるげんじ》計画か？　人材に関わることなので、カミルにも話を通しておいた方が良いだろう。こういう話は絶対好きなはずだ。

「ちょ、ちょっと待てよ！　お前勝手に……っ」

「さあ、そうと決まれば救済院の子ども達を確認させてもらって、年齢別にグループ構成を考えなければなりませんね。その後に王宮への根回しです。セリオさん何をのんびりしてるんですか。忙しいんですから、急いで」

「お、お前……お前やっぱり大っ嫌いだ!!」

残念なことに、セリオの心からの叫びは、誠一郎どころか彼の憧《あこが》れの聖女の耳にも届かなかった。

δδδ

青を基調とした窓のない室内、家具は磨《みが》かれたダークブラウンで統一されており、どことなく厳《おごそ》かな雰囲気がある。アンティーク調のテーブルの前の皮張りの椅子《いす》をすすめられ、誠一郎は礼を言って座った。

「久しぶりだな、セーイチロー」

向かいに座るのは、この国の政務最高責任者である、宰相《さいしょう》カミル＝カルヴァダその人である。ピンクブロンドの髪を後ろに撫《な》で付けた壮年《そうねん》の美丈夫《びじょうふ》は、同時に知性の深みと狡猾《こうかつ》さを宿した青灰色の瞳を細め、背もたれに凭《もた》れた。

宰相のカミルは多忙なため、会うのはアレシュと一緒に出向の指示を受けたあの日以来だ。

報告も質問も山のようにあるが、忙しいカミルのスケジュールと、確実に濃密な情報を得ることを考えると取捨選択《しゅしゃせんたく》が必要となる。

「カルヴァダ宰相閣下《かっか》におかれましては、御健勝《ごけんしょう》なによりでございます」

「フ、そんなに硬くならなくて良い。私と君の仲だろう」

理知的な雰囲気を一転、大人の色気をにじませ、含みのある言い方をしてくるが、カミルと誠一郎の仲は他部署のものすごく偉い人と中間管理職で、プライベートの付き合いは一切ない。あえて言うなら、聖女召喚廃止に加え、今現在の仕事も考えて『共犯者』といった所か。

「ありがとうございます。それでは早速、ご報告からよろしいでしょうか？」

無駄話を一切合切《いっさいがっさい》切り捨てようとする誠一郎の物言いに、カミルは満足そうに頷き、先を促した。

「まずは教会の資金の件からですが、まだ全貌《ぜんぼう》が摑《つか》めていないため、具体的な数字での報告ができないことをお詫《わ》びいたします」

「ああ、良いよ。今は司教と経理責任者が留守なんだろう？」

「はい。なぜか、王宮からの官吏が査察に来ると予告されていた時期に出張だそうです」

「明後日には戻るよう手はずはしてある。だがまぁ、セーイチローには逆に良かったのではないか？」

「そうですね、資料は大変集めやすかったです」

本来であれば、経理責任者からの案内を受けながらの査察だったはずだが、留守だからと言われてしまえば…………自分で探して回るしかない。

「現状までで良い。君の見解を聞かせてくれ」

「資料を提出できていないので不本意ではありますが…………礼拝に訪れた貴族の階級と人数と、寄付金に相違があるものと思われます」

「横領か」

「まだ教会内の運営経費のまとめができていないので言い切れませんが」

礼拝堂で控えた参拝者の名前と人数。その中から貴族をピックアップし、ノルベルトからの情報を元に寄付金の相場を割り出し試算してみたが、誠一郎には教会運営費は十分すぎるほどにあるように思えた。

「ふむ……支出先に心当たりは？」

「いえ……ですが、少なくとも救済院、修道士見習い、それから司祭は無関係ですね」

「司祭。ああ、シーグヴォルド司祭か」

カミルの形の良い眉がピクリと動いた。

「ご存じで？」

「ああ、彼は有名だよ。家柄もさることながら、その魔力量や容姿もめざましいからね。反面、あの信仰心は貴族界からは手が出しづらくある」

予想通り、シーグヴォルドの生家は貴族界でも上の方のようだ。そして容姿はともかく魔力量の多さは貴族界でも需要があるらしい。そうなってくると、ますます教会の子ども達の進路が不可解だ。

「ああ、セーイチローのいた国では魔法はなかったんだったな。魔力は魔法や魔導具を使う上でも、貴重なエネルギーではあるが扱いが難しい。専門の知識と技術が必要だからな。だから生まれついて魔力の多すぎる子は、教会で魔力量を減らす鍛錬《たんれん》を積むんだ」

「魔力を……減らす、ですか」

危険なエネルギー源と聞いて、誠一郎は原子力発電を思い浮かべた。CO_2の排出《はいしゅつ》もなく、大量のエネルギーを安定して供給できる反面の危険性。上手い話にはリスクがつきものである。

それにしても、元から持っている魔力を減らすことなど可能なのだろうか。カミルが真面目な顔で答えるということは、この国では常識なのだろう。

「そう言えば、魔法と魔素への耐性の方はどうなんだ？」

誠一郎は魔力がないばかりか、耐性までないので軽い魔法を掛けられただけでも体内で熱暴走を起こし、魔素を摂取しすぎると弱る体質であった。

「おかげさまで、少しずつですが向上しております」

アレシュに弱い魔法を重ね掛けしてもらうのと、少量の魔素を含んだ食事を食べ続けた誠一郎は少しずつ耐性が付いてきている。

「それは僥倖《ぎょうこう》。しかしシーグヴォルド司祭と同じくらい扱いづらいことで定評のあった片方は、すっかり手綱《たづな》を握れたようだ」

クツクツと笑いをかみ殺すカミルに、誠一郎は少しだけ眉をピクリとさせ、息を吐いた。

「手綱など、まるでかの御方が馬のような物言いを……」

「ああ、馬というよりも獣《けもの》か。あれは社交界ではなく騎士達の間では『黒い獣』と呼ばれているらしいからな。ならば手綱ではなく、君は鎖《くさり》か」

「閣下……」

何と答えたらよいか迷いながら呆《あき》れたような声を出す誠一郎に、カミルは面白そうに眼を細めたが、ふと真面目な表情に戻って切り出した。

「冗談ではなく、君の気持ちはどうあれ、彼にとって【鎖】となってしまった。シーグヴォルド司祭の【鎖】と違い、君は実在し、触れることができ、おまけに脆弱《ぜいじやく》な存在だ。私もでき得る限りフォローはするつもりだが、気を付けるに越したことはないだろう」

周囲もいい加減、アレシュの執着には気付いてきている。今まで何をしても無反応で焼け石に水状態だったアレシュが、唯一反応を見せるのが異世界から聖女のオマケで来た、何の力もないくたびれた男なことに。誠一郎自身も自分の地盤作りに精を出しているが、出し過ぎて仕事より優先していて本末転倒な感じも否めない。カミルの計らいで教会出向に行っているのだって、誠一郎をアレシュ有りきではないことを見せつけるためでもある。

「お心遣《こころづか》い、感謝いたします」

「まぁ気を付けたまえ……という話をした傍《そば》からなんだが、教会で庶民向けの私塾を開きたいと？」

「いえ、そんな大それたものではありません」

教会で身寄りのない子ども達を中心に、希望者に無償《むしよう》で読み書き計算を教える。それだけだ。

「利点といたしましては、教会の印象を向上、ひいては教会へ寄付をする貴族のイメージも上がります。教会への礼拝客も増え、市民から親しみを得られやすくなるでしょう」

そこから市民の教会の活動への補助も見込めるかもしれない。

「また、読み書き計算をできるようになれば、就職の幅も広がりますし、犯罪の抑制、庶民の生活水準も上がります。優秀な人材は国の補助で学校に通わせることもできるかと」

　つらつらと挙げていく誠一郎に、カミルは肘《ひじ》掛《か》けに頬《ほお》づえをつく。

「君は本当に優秀だがね、教育にまで口を出すか」

「そこまで出過ぎた真似《まね》をするつもりはございません。そもそもの発案は、聖女様です。私はそれの補足をしているにすぎません」

「聖女ね……。大方救済院の子らを見て思い付いたのだろう。たまに貴族の子女でもそういうのがいる」

　カミルの言うとおり、教育機関や身分制度に関して改革をと求める声はないわけではない。なぜ進まないのかというと、金が掛かるからだ。

「経済効果の試算は目下作成中です。近日中には提出いたしますので、ご検討ください」

「ああ、そこで得意分野を出してくるか。…………一つ、聞きたいんだが」

「はい」

　カミルの背が背もたれから離れ、青灰色の眼がしっかりと誠一郎を見据《みす》える。

「セーイチロー、君はこの国をどうしたい」

　聖女と呼ばれる未成年の少女と共に自分を拉致《らち》したこの国を。

　空気さえも合わない、自分を見捨てていたこの国をどうしたいか。

　ここで優愛なら言うのだろう。

『誰もが平等な国にしたい』とか、『皆が飢《う》えや瘴気《しょうき》に苦しまない国にしたい』とか。

誠一郎は口を開いた。

「何もありません」

しかし、誠一郎には何もない。

本当に、何もないのだ。

この国を良くしたいとか、皆を幸せにしたいとか、本当に何も思っていないし目指した覚えもない。

ただ『自分の仕事が上手く回るように』しているだけだ。

「魔導課の人員不足は深刻ですし、瘴気対策計画にも、帰還用魔法の完成にも後れを生みます。かといって、誰でもなれる職ではありませんから、広く人材を募集したいんです」

王宮勤めが庶民でも行えると言っても、さすがに無学では無理だ。あのイストだって一応学校は出ている。

「は……お前は……本当に……」

カミルは再び背もたれに身を沈め、乾いた笑いを発した。その口調も表情も、今まで見たものよりもどこか子どもじみていた。

「それに優秀な人材を見過ごすことは、国にとっての多大な損失ですよ。仮に百名の庶民を国の援助で私塾から学校に通わせたとして掛かる費用は、その内の一人でも魔導課に入り結果を残せば差し引きゼロになります。こんなに費用対効果の良い事業を国がしないのは、もったいないです」

人もまた、資源の一つである。と考えるのは社畜《しゃちく》根性が染みつきすぎたせいか。

「確かに。お前の言う通り、人がいなくては国は成り立たない。有効に活用しないのは損失だな」

クツクツと喉《のど》の奥で笑うのが、どうやらカミルの癖《くせ》のようだ。

何はともあれ、人事最高責任者である宰相《カミル》は乗り気のようで良かった。誠一郎が密《ひそ》かに胸を撫でおろす様をカミルが口元に笑みを浮かべたまま再びジッと見た。

「ああ、惜しい。惜しいなぁセーイチロー」

「どこか不備が？」

惜しいと言われて、先ほど話した計画に穴があったかと慌《あわ》てたが、そうではないらしい。カミルはその瞳に、見た事のない色を載せて誠一郎を見た。

「そっちじゃない。本当に……あの黒い獣がいなければ、私がお前を大事に囲ってやったのになぁ」

上司から向けられた〝欲〟に、誠一郎はどうにか唾《つば》を飲み込み、「お心遣い感謝します」と、乾いた笑いを漏らした。

δδδ

「遠征の備品確認は済んでいるか？」

日々の業務の書類確認を早々と終えたアレシュに訊《たず》ねられ、オルジフは内心舌を巻きながら頷いた。

本当に、アレシュは変わった。以前ならば、こんな雑務に興味を示すこと自体なかった。

「出発は明後日《あさって》だからな、準備は万端だ。今回で完全に瘴気が消えれば良いな」

「ああ」

こんな風に、希望的観測へ同意することもなかった。以前ならば自分の仕事を淡々《たんたん》とこなすだけだったアレシュが変わったのは、間違いなくあの聖女じゃない方の異世界人の影響であろう。

「明日は遠征組は準備休養だけど、アレシュの予定は？」

「休養」

端的で短い返答は相変わらずだけど。

修練場に向かう道中、ふと思い出してオルジフはアレシュに声を掛けた。

「団員達が今夜、決起集会という名の飲み会をやるって言っているけど、アレシュはどうする？」

「結構だ」

「そう言うと思った」

団員達だって、いきなりアレシュが飲み会に現れたらビビるだろう。憧れの団長とお近づきになれると喜ぶ者も多いとは思うが、予告なしの登場はテロに近いものがある。

（まぁアレシュの場合、新居に早く帰りたいのもあるんだろうが……）

アレシュが郊外に新居を購入して以降、仕事のスピードはさらに速くなり、仕事が終わるや否やさっさと帰るようになった。はたから見たら、完全に新婚の行動で……まぁ間違いではないのだが。一体全体、あのくたびれた異世界人の男の何がアレシュを夢中にさせているのかは分からないが、概《おおむ》ね平和で仕事が迅速《じんそく》に進む現状は維持したいものだ。

そう思った矢先、ピクリ、アレシュが急に歩を止め、振り向くのを見て、オルジフも足を止めた。

「アレシュ？　どうかしたのか？」

アレシュの視線の先に目をやろうとしたときには既にアレシュは足早に歩き出していた。

「――――だから、それを私に言われてもですね……」

慌てて付いて行くと、聞き覚えのある声がしてきた。廊下の先には、見覚えのある、体格差のある2ショット。

ラディム第二騎士団長と異世界人――誠一郎だ。

「うわっ!?　……ゲ」

アレシュのスピードがまた一段階上がり、そのままの勢いで、こちらに背を向けていて全く気付いていなかったブラウンのマントを掴んで引いた。いきなり後ろに引っ張られた誠一郎は慌てて足を踏ん張り、後ろを確認して、思い切り顔を顰めた。ロマーニ国において、この美貌《びぼう》の騎士団長を見てそんな顔をするのは、彼くらいのものだろう。

「こんな所で何をしている、セイイチロウ」

「あ……アレシュ様……」

確か異世界人は教会に出向中とか聞いたはずだが、今の彼は経理課の制服に身を包み、どう見ても通常出勤しているように見えた。

「まさかお前、休みの日にこちらの仕事をしているんじゃあ……」

「いえ、まさか」

誠一郎が、すっと姿勢を正し、アレシュに向かい合った。

「今日はカルヴァダ宰相への経過報告に訪れただけです。とはいえ、仕事の一環ですので正装として官吏服を着たに過ぎません」

スラスラと淀《よど》みなく答える様は、とても嘘を言っているようには見えない。誠一郎をよく知らない人間には。

「……ほぅ、それでどうして手に第二騎士団の予算報告書を持っている？　教会と何の関係もないだろう」

「あ、これは今ちょうどマコフスカー騎士団長に渡された物でして、ねぇマコフスカー騎士団長」

「え？」

手前には誠一郎の普段は淀んでいるのに、力強い瞳。その向こうの、普段以上に冷たい紫の瞳と見比べながら、ラディムは自分が答えるべき言葉を思案したが、仮にも騎士団長の任を背負う者。とっさに判断し、力強く頷いて見せた。

「ああ、そうだ。ちょうど見かけたのでな、渡しておこうと思ってだな」

さすが騎士団長だ。これで何とか切り抜けられる。そう思った誠一郎に、非情な声が聞こえてきた。

「あ、セイさーん！　第二騎士団の予算報告書もらえました？　なかなか戻ってこないから、迎えに来たっスよ～！　俺もセイさんに朝から頼まれていた資料見つかったんスけど、セイさんの机に置いときましたからね」

少し離れた場所からこちらに向かって手を振る金髪の青年の方を向いたまま、誠一郎はしばらく振り返ることができなかった。

「お前は、何度言われたら理解するんだ？　その頭は飾りか？」

強制連行で仕事場から離れさせられ、アレシュの仕事が終わるまで騎士団の修練場で針のムシロに座らされるという刑を受けさせられた後の、この説教だ。しかも帰りの馬車でも延々言われた後ともなれば、誠一郎も自分が悪いのを棚に上げて言い返したくなってしまう。

「ですが宰相閣下に報告があったのは本当ですし。わざわざ官服を着て登城しているのです。仕事の一つや二つしていくでしょう」

「いかない。休みは休むものだ」

アレシュにバッサリと切り捨てられた。

帰宅して食事と湯浴《ゆあ》みを済ませた二人はゆったりとした部屋着を着ている。説教ということで今は誠一郎の部屋で机を挟んで座っていた。

「それよりもアレシュ様、明後日から浄化遠征でしょう？　準備の方はよいのですか？」

「三度目なんだぞ。そんなものはとっくにミランが終わらせているし、準備はほとんど騎士団の方ですると以前も言っただろう」

そう言えば初めての遠征の前にも聞いた気がする。あのときは確か、誠一郎が自分で用意していた遠征服を全て却下《きゃっか》され、上から下までアレシュに見立てられた。ついでに馬の二人乗りもさせられ、衆人環視の中でかなりの辱《はずかし》めにあった記憶がある。

「準備というなら、俺よりもお前だ」

「私ですか？　私は今回の遠征には行きませんが……」

結界用の魔導士が揃っていれば建築士も連れてぜひとも同行したかったが、今回は浄化の仕上げだけだと聞いているので、あまり行く意味がない。その前にまず、教会での仕事があって行ける訳もないのだが。

「だからだ。俺がしばらく傍にいられないのに、街中で最も魔素に満ちた場所に行くんだから、念入りな【結界】が必要だろう」

「あ……」

すっかり失念していたが、教会は御神体《ごしんたい》や魔導具が多く存在し、祈りにも魔力を使うので魔素と魔力に満ちた場所だった。そんな中で誠一郎が平気な顔をして仕事ができたのは、ひとえにこの一流の魔導士でもある騎士様のおかげだった。

「ええと……」

「俺は明日は遠征前の休養日だからな。…………時間はたっぷりある」

言うや否や立ち上がるアレシュに、誠一郎は逃げる訳にもいかず視線を彷徨《さまよ》わせる。

【結界】を張ってもらわない訳にはいかないのだ。命に関わる。かといって、アレシュの気持ちを知っていながらこちらからお願いするのもおかしな話になる。勝手なことを言うようだが、どうにかもっと事務的な感じにしていただけないだろうかと思う誠一郎であったが、アレシュの手つきはこの上なく優しい。

　ベッドに横たわらされ、寝間着《ねまき》にしている薄いシャツの生地の下からわき腹を撫で上げられる。剣を握る手の皮は厚いが、同時に熱を持つ。自律神経の乱れからくる冷え性の誠一郎とは正反対で、アレシュは元来体温が高めだ。温かい手で肌をゆっくりと撫でられながら、耳の下あたりから唇を這《は》わされる。

「ン……ッ、あ、アレシュ様……そういうのは、……っ、いい、ですから……」

　乱れそうになる息を必死にとどめながら、誠一郎は顔をそむけるが、耳にキスをされてビクリと肩が跳《は》ねた。

「馬鹿を言うな。俺が、お前に触れられる機会を無駄にする訳がないだろう」

　カシリ、と弱く耳を噛《か》まれた。

「せいぜい、思い知るが良い」

　壮絶なほどに艶《あで》やかな弧を描いた唇は、そのまま誠一郎の唇に重ねられた。

第四章　魔力について考えてみました

一日空けて教会に行くとセリオがいつものしかめっ面ではなく、珍《めずら》しく笑って出迎えてくれた。

「ふふーん、お前もついに年貢《ねんぐ》の納めどきだな！」

得意満面のその顔に、年貢を納められる側というか、徴収《ちょうしゅう》して回っている側の誠一郎《せいいちろう》は首を傾《かし》げかけたが、司教と経理責任者が今日戻ってくることを思い出す。

いや、むしろそれをずっと待っていたのだが、一昨日の晩からのあれこれが濃厚すぎて、若干まだ頭がボーっとするし体もダルい。それでもアレシュは、ことを最後まではしないので内部への損傷はないのだが……。

そのアレシュは、今朝早くに浄化《じょうか》遠征《えんせい》に旅立った。

「そう言えば、白石《しらいし》さん……聖女様から、セリオくんにしばらく来られないけどよろしく言っておいてくれと言付かりましたよ」

優愛《ゆあ》の名前を出すと、セリオは目に見えて言葉に詰まり、歯を食いしばった。何か葛藤《かっとう》があるらしい。

「〜〜〜〜お前が聖女様と仲が良いからって、僕は聖女様に勝手に付いてきて威張《いば》り散らしてるお前のことなんて認めないからな！」

聖女崇敬派に優愛と仲が悪いからと嫌われただけでもなかったようだ。威張り散らした覚えはないし。どこか既視感を感じる内容に、意図的な情報《もの》か、伝達の遅さかを思案する。

「――情弱は身を滅ぼしますので、セリオさんも私塾《しじゅく》ができたら通いましょうね」

「はぁ!?　お前、今僕のことバカにしたな!?」

「察しが良いのは良いことです」

セリオの怒声を背後に聞きながら、さっさと教会内に足を踏み入れた。

結局、司教と対面を果たせたのは、昼を過ぎてからだった。シーグヴォルドに呼び出され連れていかれたのは、まだ入ったことのない応接室だった。中はシックな赤絨毯《じゅうたん》にカーテン、派手ではなく落ち着いているが質の良い物を揃《そろ》えてあり、こちらに来てから王宮や貴族の邸宅ばかり見ていた誠一郎にもそれは分かった。

「お前が、聖女様と共に降り立った異世界人か。話は聞いている」

マテーウス司教と名乗る人物は、誠一郎に対して始終尊大な態度だった。

実際、王都の司教といえば身分も高く、何よりも貴族出身であるらしいのでその態度も納得だが、誠一郎は異世界人以前に王宮からの使者だ。それは教会ごと王宮への反抗心があるとみなされても仕方ない態度だった。

一方、シプリアノと名乗った教会の経理責任者は終始好意的であった。年の頃は誠一郎と同じくらいか少し上に見える細身で細目の男。薄い青色の髪は短めで、清潔感のある印象。十人中十人が好印象を抱くであろうと同時に、一日経《た》ったら顔を忘れそうな男だった。

「収支報告書の遅れ申し訳ございません」

まず誠一郎に詫《わ》びた男は、聖女召喚《しょうかん》の援助で忙しかった時期に、作成したはずの報告書を紛失《ふんしつ》してしまったと説明した。その後、作り直している間に聖女を預かることとなり、さらに別の支所で問題があったので司教の出張に同行することとなり遅れているという。

「そうですか。でもまぁ、期日は期日ですので」

内情をいちいち聞いていたら進まないのが役所仕事だ。

「聖女の突然の預かりと言い、原因はそちらにもあるのではないか」

司教が不満げに口を挟んできたが、シプリアノは困り顔でそれを宥《なだ》めてくれた。

「いいえ、司教様。聖女様は元々教会へお越しいただく予定でしたのですから、準備はできていて然《しか》るべきだったのです。すべては私の未熟さゆえです」

「つまりは、まだ報告書の作成は途中ということですね？」

「ええ、はい。申し訳ございません」

てっきりさっさと渡されて追い出されると思っていたのだが、そういうことなら査察を続けられる。相手の意図は読み切れないが、せっかく与えられた機会を無駄《むだ》にはできない。

「いいえ、そういうことでしたら、もうしばらくこちらに通わせていただきます。聖女様からの命で救済院で学習塾を開くという案が上がっていますので、ちょうど良かったです」

「学習塾？」

既にセリオから聞いていると思っていたシーグヴォルドが口を開いた。

「お優しい聖女様が、身寄りのない子ども達と学校に通えない町の子ども達に簡単な読み書き計算を教える場を教会で開いてはどうかと仰《おっしゃ》られておりまして、その企画を任命されました」

任命されたというのは嘘《うそ》だが、優愛にまかせてもことが進む訳がないので草案は作っておくつもりだ。

「それは良い！　さすが聖女様と使徒殿ですね！」

喜色《きしょく》を表すシーグヴォルドと違い、司教は不満顔だ。

「教会を使ってなどと、勝手に決められては困る」

「いえ、まだ案の段階です。ですが教会にも利点は十分にあるかと……」

そう言って、カミルと会談をした後に作成した企画書類を渡す。カミルに話した通り、教会への寄付金が増額するであろう可能性、地位向上などを細かく、若干大げさに並べたものだ。

司教の機嫌が目に見えて良くなったのを確認し、誠一郎は視線を巡らせた。こういう目的がハッキリとしている手合いは楽で良い。問題は、人畜無害《じんちくむがい》な顔をして、存在感はないのに重要なポストにいるようなタイプだ。

「やはりアブラーン神の選定に間違いはなかった！　ぜひ協力させてください使徒殿！」

あとはやっぱり思い込みの激しい上に権力も行動力もあるタイプは便利だ。

それからの教会での仕事は少し様変わりした。セリオは相変わらず嫌そうに出迎えて来るが、誠一郎の仕事を何となく気にして見るようになったし、何よりも優愛の話を聞きたがるそぶりを見せてきた。と言っても、誠一郎は優愛自身のことはほとんど知らないのだが、あちらの世界の話をしてやると嬉《うれ》しそうだった。それから、聖女と仲が良いと広まったのか、シーグヴォルドやシプリアノが誠一郎に好意的に話しかけているのを見たせいか、他の修道士修道女達も誠一郎を見たら挨拶《あいさつ》くらいはするようになった。そして一番変わったのが……。

「使徒殿」

シプリアノから渡された書類の確認をしていたら、入り口から低く心地好《よ》い声で呼ばれた。振り返ると、栗色の髪が陽の光を帯びて金色に見えた。意外とこの世界ではあまり見ないが、誠一郎的には見覚えのある紫の瞳が、ジッとこちらを見ている。

「使徒殿はやめてください……」

うんざりして言うと、シーグヴォルドは真面目《まじめ》な顔をして答えた。

「使徒殿は使徒殿でしょう。それよりも使徒殿、火の刻に入りましたが、昼餉《ひるげ》は摂《と》ったのですか？」

「使徒ではないです。……ああ、鐘《かね》の音に気が付きませんでした」

本当は気が付いていたが、キリの良い所までと放っておいたのだが。

「それならば今からでも、食事に行きましょう。使徒殿はただでさえ食が細いのですから、しっかり食事を摂らなければ試練に耐えられませんよ」

誠一郎が学習塾を開く話をして以降、それまでもその傾向があったシーグヴォルドの管理が顕著《けんちょ》になった。特に誠一郎が魔素への耐性がないのに教会に来ていることを『試練に真摯《しんし》な使徒』と称賛《しょうさん》してあれこれと体を心配してくる。理由は違うが、紫の瞳と言い既視感《きしかん》がひどい。

おかげで、鬼《アレシュ》のいぬ間にしようと思っていた多少の無茶が制限されてしまい困っている。浄化遠征は片道三日、予備日を含め遅くとも七日で帰還する。その間、収支報告書は一度提出されたが、計算間違いや名目の不備が多かったため、指摘して突き返した。シプリアノは嫌な顔ひとつせず、謝罪していった。

七日目の昼過ぎに、教会がにわかに騒がしくなり、遠征隊が帰ってきたことを知る。

「聖女様は無事に瘴気《しょうき》を浄化されたそうだぞ！」

まるで我がことのように自慢《じまん》げに話すセリオを尻目に、誠一郎は浄化完了を前提としたプランAの計画書の見直しをする。カミルには二パターンとも提出しておいたが、他の者にあまり早い段階での仮計画書を出すと反感を買うので自重していた。すぐに提出よりも一日置いた方が良いだろうか。ひとまずはアレシュに様子を聞いてみよう。

念入りに施《ほどこ》された【結界】の効果はまだ続いているので、そこまで濃厚にされなくとも良かったのではないかと呑気《のんき》に考えていた誠一郎は、その日帰宅してアレシュの不在を知らされた。

「浄化は無事完了されたのですが、近くの山で魔獣《まじゅう》の群れが確認されまして、第三騎士団は残って討伐《とうばつ》することになりました」

王宮からの使者にそう伝えられ、受け取ったのはアレシュからの手紙だった。使者を見送り、自室に戻ってから封を開ける。中には金縁《きんぶち》の便せんに、自分が不在の間もくれぐれも体を気遣い、仕事しすぎず、きちんと休めという旨《むね》がつらつらと綺麗《きれい》な字でしたためてあった。辟易《へきえき》しながらも読み進めていくと最後に、『我が魂と共に眠りに就《つ》かんことを願う』とあった。

魂とは大袈裟《おおげさ》な……と思ったが、もしや命に関わる任務なのかもしれない。ちょうど使者の見送りを終えて戻ったミランがいたので聞いたら、「まあ」と目を開いて口を覆《おお》った。しかしその頬《ほお》は赤く染まり、瞳は輝いていた。

「うふふ、アレシュ様ったら、ずいぶん情熱的なお手紙を書かれるのですね」
魂は騎士がよく口にする「想い」の表現であると言われた。

〝私が傍《そば》にいると想って眠りなさい〟

それは正しく、ラブレターであった。

δδδ

優愛が教会を訪れたのは、浄化遠征から帰還した三日後だった。

瘴気の浄化は完了したとのことで、遠征の翌日は第三騎士団が不在だがパーティが催されたりと忙しかったらしい。ちなみに誠一郎はカミルから参加を促されたが辞退しておいた。

完全に瘴気が消えたのかは同行した魔導士と第三騎士団が確認したが、結界担当者用の宿舎などを建設する予定の建築関係者を連れて行くのは、もう一度確認してからと言われた。

優愛は来るなり市民や修道士達に歓待《かんたい》を受け、司教の元へ挨拶に行った。

「司祭様は白石……聖女様の元へ行かれなくて良いのですか？」

アブラーン神第一主義ならば聖女への敬愛も強いのだろうとシーグヴォルドに訊《き》いてみたが、真面目堅物司祭は首を振った。

「聖女様はお役目を果たされました。使徒殿はまだお役目の途中ですし……貴方《あなた》は目を離すと何をするか分からないので」

ここ数日で誠一郎がシーグヴォルドの目を盗んで食事を抜いたり、書類を持ち帰ろうとしたりしたことが何度かあったためか、誠一郎の信用は地に落ちていたらしい。

「もう少し、使徒としての自覚をですね……」

この小言も何十回目か。返す言葉も判を押したように同じになる。

「使徒ではないので」

それでも使徒として扱おうとしてくるシーグヴォルドに、辟易すると共に尊敬の念すら抱きそうになる。

一方のシーグヴォルドも行動の品格などは置いておいて、誠一郎の一貫した仕事への執着心と行動力には感心していた。淡々とこなしている仕事は、本来なら彼には関係ないはずの仕事だ。それどころか彼はこの国の住人でもない、別の世界からやって来た者で。アブラーン神は彼に試練を与え、魔素《まそ》にも魔力にも弱い体にした。にもかかわらず、かの者は自分を犠牲《ぎせい》にしても国のため人のために尽くしているのだ。これが感銘《かんめい》を受けないわけがない。実際は身に付いた社畜根性《しゃちくこんじょう》で働き続けてしまう性《さが》なだけなのだが、シーグヴォルドには分かるはずもなかった。

ハンディのある使徒が活動しやすくするために補佐するのも、教徒としての使命だとシーグヴォルドは考えた。

「その使徒と呼ぶのだけは勘弁してもらえませんかね？　周りの目もあるので」

実際、シーグヴォルドが誠一郎を構いすぎるせいに加え、『使徒殿』と呼ぶことで一部の修道士達は不満そうな態度を露《あらわ》にしていた。聖女と仲は悪くなくとも、誠一郎はやはり『聖女のオマケの無能』なのだ。

「使徒殿は使徒殿ですが……仕方ありません、譲歩《じょうほ》しましょう。それで……」

「近藤《こんどう》、誠一郎です」

「セイイチロ殿」

一瞬、苗字《みょうじ》の方じゃないのかよと思ったが、シーグヴォルドが家名を捨てている身であることを思い出した。

「……はい、司祭様」

「では、私のことも名で」

「え？　いや、それは別に……」

「こちらが譲歩したのです。そちらも譲歩すべきでしょう」

必要ないんじゃないかと言いかけたが、重ねて言われてしまっては、抵抗も無駄な気がして誠一郎はため息を飲み込んだ。

「分かりました、シーグヴォルド様」

「あ、いたいた！　近藤さーん！」

明るい声に顔を上げると、優愛が元気よく駆けてきていた。その後ろには、置いて行かれまいと慌《あわ》てて小走りについてくるセリオの姿も見えた。

「お久しぶりです、白石さん。浄化遠征お疲れさまでした」

誠一郎に労《ねぎら》われ、優愛は最初の頃よりも大人びた顔で照れ笑いした。三度に渡る遠征で、少し成長したようだ。

「聖女様、此度《このたび》の瘴気浄化ありがとうございました。重ねてお礼申し上げます」

一方のシーグヴォルドも、聖女である優愛に対して膝《ひざ》をつき最敬礼でもって感謝の言葉を伝える。

「え、そ、そんなっ！　やだ、シーグヴォルドさん立ってくださいよ！　お礼なら一昨日も聞きましたし！」

司祭であるシーグヴォルドは、浄化の祝賀パーティにも呼ばれていた。優愛の言葉にシーグヴォルドがゆっくりと立ち上がり、姿勢を正すと、優愛からほうと色付いたため息が漏《も》れた。

ん？

「――――あー、白石さん。今じゃなくて良いので、遠征の話を聞かせてください」

報告書は見せてもらったが、聖女として、異世界人としての優愛から見た様子も知りたい。

「ユア様はお忙しいんだ！　お前の相手なんかしてる暇《ひま》ないんだよ！」

「いや、セリオさんには聞いていませんが」

「なっ！」

「あ、それならお昼行きませんか？　私も学習塾の話したいですし！　……シーグヴォルドさんも、良かったら……」

チラリと上目遣《うわめづか》いで見る優愛に、シーグヴォルドは顔色一つ変えずに頷《うなず》いた。

「そうですね。し……セイイチロ殿の食事も監視しなければいけませんし」

「監視？」

食事に監視？　と不思議そうに首を傾げる優愛に、シーグヴォルドが誠一郎は目を離すとすぐ食事を抜くという話をしているのを聞こえないふりをした。

「わぁっ！　とっても綺麗《きれい》な場所ですね！」

食堂では人目を集めるということで、四人がやって来たのは、誠一郎とシーグヴォルドが毎回食事を摂る恒例の場所となっていた、教会内の花苑《かえん》だった。

「先々代の聖女様がおつくりになった花苑です」

「こんな所あったんだ～。知らなかった」

花苑の中にある鉄製の丸テーブルの上に、セリオがせっせと食事を運んできた。教会は粗《そ》食《しょく》だというが、聖女と司祭の食事となると違うのか、なかなかの品数が並ぶ。

「お前は食べないんだよな？」

「はい」

セリオに当てつけのように確認される。当然頷いて、誠一郎は相変わらずパヴェルのお手製弁当を広げる。

「あ、そっか。近藤さんは選んで食べないと中毒になっちゃいますもんね」

「え!?」

優愛と食事を共にしたのは一回限りだったので、よく覚えていたなと頷いていたらセリオが目を丸くしていた。言っていなかっただろうか？

「セリオ、セイイチロ殿は魔素に対する耐性がないので、食事や生活に気を遣わなくてはならないんだ」

「え、耐性がないなんて……魔素は過剰摂取しない限りは力になるし、空気と同じであちこちにあるじゃないか……」

「ここと違う別の場所から来られたのだ。食べ物も空気も違うだろう」

「せ、聖女様は……」

「私は大丈夫です。何か加護《かご》？　っていうのがあるって言われました」

「彼は試練を課せられ異世界より来られ、この国のために働いてくださっている。よく考えて接しなさい」

シーグヴォルドに諭《さと》されセリオが目に見えてシュンとしているが、使徒でもないし試練も課せられていないし仕事も好きでやっている誠一郎としては困ってしまう。変なイメージを布教しないでほしい。

「セリオさん、シーグヴォルド様が大袈裟に言ってるだけですし、使徒でもありません。今は耐性も少しずつ付いているんですから、よっぽど過剰《かじょう》に摂取しない限りは死にません」

「死ぬことがあるのか!?」

フォローしたつもりが、逆効果になってしまった。

「でもすごく美味《おい》しそうなお弁当ですね！」

空気を変えようとしてくれたのか、優愛が誠一郎の弁当を覗《のぞ》き込《こ》んできた。

アレシュの邸宅《ていたく》のお抱えコックであるパヴェルは、アレシュの実家……つまりは侯爵《こうしゃく》家の元コックの弟子で腕は確かだ。なぜか筋肉ムキムキの男で、明るく人好きのする性格で、誠一

郎にも最初から好意的だった。魔素耐性についてもしっかり勉強して、なおかつ誠一郎の好む物と栄養を考え、美味しい物を作ってくれる、さすがアレシュが呼び寄せただけあるプロだ。

「はい、美味しいですよ」

食事は栄養補給ができれば良いと思っていた誠一郎ですら、パヴェルの作る食事は少し楽しみなくらいだ。と言っても、仕事に集中してしまうとたまに食べ損ねてしまうのだが。

「それで、浄化遠征のことなんですけど……」

全員の意識が食事に向いたので、誠一郎は話題を切り替えた。

優愛の話では、浄化は一回目、二回目と途中まではほぼ変わらず、全て浄化して瘴気が消えたときに光が降りそそぎ木の一部に芽が生えたという。この〝芽吹き〟こそが浄化完了の証《あかし》であり、それを繰り返してあの〈木〉はああも大きく広がっていたらしい。

もちろん、誠一郎からしつこく念押しをされていた魔導士が魔素の測定も行ったのだが、無事に測定値は標準以下を示したため正式に完了の発表となった。

「でも周辺の確認をしているときに、えっと、ネーポリク？　っていう獣《けもの》の足跡が見つかったって」

ネーポリクは本来もっと寒い地域に生息する大型の魔獣だが、魔素に誘われあの森にまでやって来ていたと推測された。魔獣にとって魔素は心地の好い空気で、むしろ力がみなぎる。しかし過ぎたる栄養はやはり毒となり、凶暴化に繋《つな》がる。【魔の森】周辺で他の魔獣が凶暴化していたのも確認されているし、元々攻撃的で大型のネーポリクとあっては、捨て置くわけにはいかない。

そういうことで、第三騎士団は本来の任務——魔獣の討伐へと向かった。

「近くの村で聞き込みをしたら、やっぱりネーポリクの目撃情報があって、一つ向こうの山から来てるらしいってことだったので、早めに片を付けようってアレシュさんが」

魔の森までは王都から片道三日。一度戻って態勢を立て直して、となるとかなりの時間がかかる。村で物資補充が可能であれば、そこから行った方が効率が良い。もしも誠一郎がその場にいたとしても、そう提案するだろう。

でも……。

「大丈夫、なのでしょうか？」

思わず口から出た言葉に、自分でもびっくりした。

「ユーリウス様も第三騎士団の人たちも、第三騎士団なら心配ないって言ってましたから、大丈夫ですよきっと」

誠一郎がこちらの世界に来てから見た第三騎士団の仕事は浄化遠征での姿だけなので、長くこの国にいる彼らの方が詳しいだろう。

アレシュは特別強く、魔法もある。

そう思うのだが、残念ながらその日のパヴェルの弁当は、食べきることができなかった。


「コンドゥ様、アレシュ様からの手紙です」

休日の朝、ヴァルトムから渡された手紙は今朝届いたものらしい。馬で三日の距離からどのように手紙を送っているのかというと、この世界で一般的なのは訓練された伝書鳥《でんしょばと》を使うというやり方で、貴族など上流階級の者や公的な物は【転移魔法】で送られる。まさに今、イストに研究を進めてもらっている転移魔法は、双方の場所に術士と陣の組み込まれた魔導具が必要であり、容量もそう大きい物は送れない。その代わり、他からの干渉《かんしょう》を受けることがないので、機密文書や大事な手紙を送るにはうってつけだ。アレシュは第三騎士団としての定時報告と共に、誠一郎宛ての手紙を毎回送って来ていた。………毎日、王宮からの使者に手紙を渡される身にもなってほしい。

インドラーク家の家紋《かもん》とは違い、アレシュ専用の刻印が封蠟《ふうろう》に捺《お》された手紙をペーパーカッターで開ける。全てが高級そうなので破く気になれない。

冒頭はいつもの体の不調を案じる文章と、間違っても食事を抜いたり徹夜《てつや》をしたりしてないか、帰って顔を見れば分かるんだからなという脅《おど》し文句が書かれていた。

『こちらはふもとの村の協力も得て、物資の補給などの問題はないがネーポリクの縄張りが広いために調査に少し時間が掛かっている。浄化が完了するまで放置しておいた他の魔獣の数も減らしておきたいので、もうしばらく掛かりそうだ。お前の教会への出向も終わる頃だろうから、以降は魔素の強い場所には赴《おもむ》かないように気を付けろ。何か不調を感じたら、すぐにシーロに相談するように』

宮廷医局長のシーロは、アレシュと懇意《こんい》だ。誠一郎も、アレシュに連れられ健康診断をしてもらったときと暴行事件のときにお世話になった。国からの手厚い保護を受けられていなかった誠一郎のことを気にしてくれ、それ以降も何度か宮廷内で会ったときは体調を訊《たず》ねられた、気の良い男だった。

『瘴気結界のための施設作りのためには、この辺りの魔獣を制圧しておく必要がある。お前は何も心配せず、自分の体のことだけを考えておくように』

「…………」

うすうすは勘付《かんづ》いてはいたが、アレシュが【魔の森】周辺の魔獣討伐に繰り出したのは、やはり誠一郎発案の【瘴気封印結界】計画のためだったようだ。思わずため息が漏れる。

ネーポリクの生息が確認されたため早まったものの、最初から予定されていたのだろう。誠一郎とて、遠征に何度も行くよりも効率は良いと思うが、魔獣討伐となると安全性が第一だ。何も強行軍で行ってほしいなんて思っていなかった。

アレシュ＝インドラークは、賢く優秀で、その冷たい美貌と物言いから大人に見えるが、誠一郎はこの数ヵ月傍で見ていて、彼が存外子どもっぽいことを知っている。誠一郎が仕事仕事で構わないとすぐ拗《す》ねるし、ヴァルトムに小言を言われてはバツの悪そうな顔をしているし、面倒な仕事があるときは行きたくない気持ちが出るのを抑えるためか誠一郎にくっつくのが増えるし。だから今回の突然の討伐は、誠一郎に褒《ほ》められたいからだと想像がついてしまう。

（先に釘《くぎ》をさしておくべきだった……）

魔獣などいない、危険とは無縁の世界から来た誠一郎にしてみれば、そんな子どもじみた気持ちで、もしものことがあったらどうするんだと思ってしまう。もっと早くに察して、止めておくべきだった。

金縁の紙の最後の一文。

『離れて想うは逢《あ》うことのなかった昔が疑問でならない』

――離れてみて改めて、お前に逢う前はどんな気持ちで過ごしていたか不思議でならない――。

「あれ、にいちゃん。久しぶりだな」

露店街で薄汚れた帽子を被《かぶ》った少年が、誠一郎に気付いて目を瞬《またた》いた。誠一郎がこの世界に来てすぐにそろばんを作ってもらったシグマ少年だ。年は確か十二歳だったか。

「久しぶり。……随分《ずいぶん》たくさんあるな」

アレシュからの手紙を受け取った後、家にいるのも悶々《もんもん》と考えてしまいそうだった誠一郎は市中に出ることにした。

シグマは亡くなった父親の伝手《つて》で木工職人のもとで修行しながら、こうして余った木材で作った道具を売って日銭を稼《かせ》いでいた。だが布の上に並べられた木工のオモチャや器はずいぶん多種多様で、仕事の合間や練習用にしては多い気がした。

「あ～……それがさ、親方が手を怪我《けが》しちまって、今は修行に行けてないんだ」

しかも怪我の治りが悪く、年齢もあり、このまま廃業しそうな雰囲気だという。

「新しい所探してくれてはいるんだけど、俺ガキだからどうしても後回しになってるっつーか……」

そりゃあ家庭持ちや成人男性、一人前の者から決まっていくだろう。場所や木材の余りは使わせてもらえるので、こうして自主練がてら色々作っているらしい。

「じゃあちょうど良かったか。この間作ってもらった計算器《そろばん》をまた作ってほしいんだけど」

「そりゃちょうどいいや！　兄ちゃん金払いもいいし、やったぜ！　それで数はいくつ？　二個？　それともまた五個くらい？」

「三十個」

「三十!?」

シグマのもとから大きな目が、さらに大きく見開かれる。

「そう、三十。あと大きさは以前の物より少し小型化してほしい」

「そ、そりゃあ単純な造りだから小さくするのは構わないけど、三十ともなったら材料が足りないよ」

親方に頼るにも限度があるという。

「そうか、それじゃあ親方さんと取引のある木材業者に直接交渉しよう。親方さんからの紹介と言えば角も立たないだろう」

ついでにその分の料金は誠一郎が即金で払っておく。

「え？　そ、それならまぁ……」

「あとシグマくん。君、塾に通う気はない？」

誠一郎の笑顔と言葉に、シグマは再び目を丸くして瞬いた。

δδδ

その後、シグマと共に親方のもとを訪ね、早速木材業者と取引を成立させてシグマとは後日の約束をして別れた。教会への出向がない日こそ、誠一郎は忙しいのだ。というか、教会での仕事は本来の予定ならもう終わっているはずだったからアレシュは手紙でああ書いていたのだが、実際は司教の不在で提出書類が遅れ、さらに学習塾の設立のためにもうしばらく通わなくてはならない。以前仕事休みの日に王宮で仕事をしていたのを見つかって怒られたが、今はアレシュはいない。後で誰かにチクられても、どうせならまとめて怒られたほうがいいと誠一郎は王宮に向かった。

宮廷魔導課を訪れると副管理官であるイストも遠征には同行していたのだが、既に通常運行で本のバリケードの中にいた。

「あ～コンドゥだ～。あれ？　何かちがう……」

寝ぼけまなこと寝ぐせの付いた頭のイストだが、これが通常の状態であり決して先ほどまで寝ていたわけではない。その証拠に、彼の膝の周りの紙には今も新しい魔法陣が書き込まれている。

「違う？」

イストが変なことを言うのはいつものことだが、自分に向けて明確な違和感を指摘されては聞き返すしかない。

「ん～？　魔力がいつもと違う……あ、そうか。今第三いないんだっけ」

「第三？　第三騎士団のことですか？」

自分の頭の中でだけ納得して言葉にしないのはイストの癖《くせ》だ。少ない情報からこちらで想像して補足していかなくてはならない。魔力、違う、第三騎士団とくれば……そう言えばイストには以前、アレシュに魔力を馴染《なじ》ませてもらっているのを目撃されたんだった。あのときのことは、今思い出しても顔が熱くなる。

「イストさん……そういう話は公衆の面前ではやめてください……」

「ん～そう？　そうか。コンドゥがいいならいいけど。そうだ、御神体《ごしんたい》持ってきてくれた？」

「そういうのは忘れないんですね。ついでに『無理だ』って言ったことも覚えてくれていると助かります」

ん～？　と首を傾げるイスト。こういう輩《やから》は、基本的に自分に都合の良いことしか覚えていない。とりあえず話が逸《そ》れたので、そちらに乗っておくことにした。

「私は御神体に触るのも無理だと思いますけどね、そもそも何でそんなに欲しがるんですか」

御神体御神体と聞いてはいても、周囲の結界に含まれる魔力もすごいので最初から近付く気も起きず、その存在をそう言えば確認していない。

「え～だってアレ魔力すっごい溜《た》まってるんだもん。アレさえあれば実験し放題だよ。欲しいな～」

「魔力が〝溜まる〟？」

『御神体』とは、神仏が宿ると言われている礼拝の対象物を指すはずだ。勝手に石とか銅像とか、そういう物を想像していたが、魔力を〝溜める〟ことができるとなると、それは自然の物ではなく人工物……『魔導具』なんじゃないのか？

「イストさんは、御神体を見たことがあるんですか？」

「あるよ～。この国の子どもはみんな六歳の洗礼でお祈りするし、僕魔力多いからね」

実質この国一の魔導士であるイストだから、子どもの頃から魔力が多いのは当然だろう。洗礼は、この国の子ども達が六歳で教会に行って神に報告と感謝の祈りを捧げ、国民として正式に登録することだ。六歳までは仮登録のような感じらしい。昔の日本のようだ。

お祈りと言えば、御神体にだろう。

魔力を〝溜める〟御神体…………そう言えば、カミルが以前妙なことを言っていなかったか？

『――――だから生まれついて魔力の多すぎる子は、教会で魔力量を減らす鍛錬《たんれん》を積むんだ』

そのときも違和感はあったのだが、魔力のことがいまいち理解できていないので黙っていた。

魔力は体内にあるエネルギーだ。人体の、例えば血液量や基礎エネルギーは食事制限や生活によって時間を掛けて変えられる。それと同じことを、魔力で、人工的にできるとしたら……。

溜められた魔力はどこに行ってるんだ？

イストからの遠征の報告と研究経過を聞いて、経理課に戻ろうと廊下を歩く。誠一郎の持つ違和感が、この世界の常識でもおかしいのかどうかがまず分からないので、ノルベルトにでも訊いてみよう。それから経理の仕事を確認して、月末の収支決済に間に合うように結界宿舎の予算案を見直して、それから…………。

「……っと、すみません」

考え事をしながら歩いていたら、うっかり人にぶつかってしまった。それほどスピードがなかったので跳《は》ね返されはしなかったが、ずいぶんと大きい硬い物にぶつかったと顔を上げた誠一郎の表情が、思い切り固まった。

「コンドウ。話がある、付いて来い」

誠一郎がぶつかった壁こと第二騎士団長のラディムの後ろで、ユーリウス王子殿下《でんか》が不遜《ふそん》に言い放った。誠一郎は、再び仕事の予定の組み直しを覚悟した。そのとき。

「セイさ――ん、魔導課の用事終わりまし……た……？」

柱の陰で誠一郎のマントしか見えていなかったのだろう、ノルベルトの場違いな元気な声が辺りを響かせ、そして尻つぼみになって消えていった。

「ああ、終わった。仕事だな？　よし行こう」

ノルベルトはいつもろくなタイミングで現れないが、今回ばかりはグッジョブだと足早に向かおうとしたが、当然その足は屈強な男の腕でその場に留められた。

「コンドゥ、殿下が話があると言ってるんだ」

「いえ、私は仕事が……ほら、部下もわざわざ呼びに来ましたことですし……」

一応無駄な抵抗を試みてみるが、部下は今にも走って逃げだしそうだ。やはりノルベルトごときでは抑止にならないかと思ったが、意外にもラディムの手が緩んだ。チャンスとばかりに理由を並べたてて逃げ出そうと、姿勢を正したが、それよりも先にユーリウスが口を開いた。

「構わん。そこの男も一緒に来い」

「「へ」」

経理課二人の間抜けな声がハモった。

以前も連行された王子の私室の応接間で、ノルベルトと並んで座らされた。向かい側にはユーリウスが座り、その後ろにラディムがその大きな体軀《たいく》といかつい顔で威圧感バリバリで立っている。銀髪に碧《あお》い瞳のユーリウスは、騎士を従え部屋の豪華さも相まってまさしく『王子』なのだが、誠一郎には『思春期の青少年』という印象が強すぎていまいち畏《かしこ》まれない。

　なぜなら前回に引き続き呼び出された内容が、

「コンドウ貴様、先日ユアと随分親しくしていたそうだな」

　これだからである。

　誠一郎はげんなりとした態度をもはや隠す気にもなれない。最近優愛と話したと言ったら、学習塾《じゅく》関連と浄化遠征に関してしかないのだが、どこで見られていたのか。普通に考えれば、聖女の護衛や密偵《みってい》が付いていても不思議ではないのだが、こういうことでたびたび呼び出されては誠一郎の脳内に『ストーカー』の文字が浮かび上がってきた。

「どうなんだ、コンドウ」

「親しくと言われましても、ほぼ仕事の話しかしていませんが……」

「仕事？　ユアと貴様で仕事の話ということは……帰還魔法が完成したのか!?」

　ガタッと動揺も露に立ち上がるユーリウスに、こんなに感情が表に出て皇太子殿下が務まっているのか心配になる。

「いえ……そちらではなく、別件です」

「なんだ……。……別件？」

　そこで誠一郎ははたと気付いた。相手は優愛に熱を上げている王子殿下その人だ。

　これは良い……資金源《金づる》だ。

「セイさん……？　何かよからぬことを企《たくら》んで……」

「そうなんです殿下！　私は聖女様が救済院の子達と市井《しせい》の貧しい子ども達への私塾を作るお手伝いをさせていただいているんです！」

「私塾だと？」

改めて、カミルやシーグヴォルド達にしたのと同じ説明をユーリウスとラディムにもする。

その際、優愛の思い付きを理路整然と、全て優愛のアイデア、計画だと説明する。

「さすがユアだ……何という素晴らしい案だ！」

「さすがは聖女様です。貧しい子ども達のみならず、国全体のことを考えられておられる……っ！」

ユーリウスもラディムも疑うことなく、感銘《かんめい》を受けてくれている。警備の他の騎士やメイド達も感動に震えている。誠一郎は思った通りの彼らの聖女への妄信《もうしん》ぶりに内心ほくそ笑む。

「それ本当に聖女様が考えたんスか？　その隙《すき》のない理詰めな感じセイさんがふっ!!」

唯一《ゆいいつ》聖女妄信がない横でいらんことを言うチャラ男《お》の口に、出された茶菓子を突っ込んでおくことも忘れてはいなかった。

「!?　お前何を……っ」

「私の分の菓子も欲しいというのであげただけですが」

既にこちらに意識は向けていないと思っていたラディムが思わぬ勢いで睨《にら》んできたが、適当にごまかしておく。納得のいってない顔だが、口に菓子を突っ込まれたノルベルトが美味しそうに頬張っているので、その後は何も言われなかった。

「しかしユアもそんな案があるのならば、こんな小者ではなく私に言えば良かったものを……」

「殿下へはきちんと企画が決まってからお話しする予定だったのでしょう。ですが聡明な殿下が先に気付き、聖女様の希望を叶《かな》える形で支援を申し出れば……」

自分も同じことを考えていた。

全力で支援する。

「！」

それはつまり、同じ価値観であることのアピール、そして王子としての立場を全力で利用して良い所を見せる絶好のチャンスである。

「そうか！　そうだな！　いや、本当に俺も同じようなことを考えていた！　ユアと俺は気が合うな!!」

興奮して一人称が『俺』になっている。

「そうですね。あ、あと支援は国庫からではなく、殿下の私財から申し出ればさらに殿下個人の考えであることが強調され、男らしいと思われますよ。私の世界ではそうでした」

「おおそうか！　いや、俺もそうしようと思っていた！　早速ユアに話してこよう！」

バタバタと出ていく忙《せわ》しないユーリウスを、第二騎士団の騎士が慌てて追いかけていく。

「……セイさん、上手《うま》いこと言って、国庫予算からじゃなくて殿下の私財で計画を進めるつもりスか……」

「国の予算は今は瘴気結界を中心に支出が多い。魔導課の予算増加もあるし、聖女予算の使い込みの補塡《ほてん》にようやく目途《めど》がついた所で、余裕はあまりないんだ」

もぐもぐと見た目に反して行儀《ぎょうぎ》よく誠一郎の分の茶菓子を食べつつツッこむノルベルトに、誠一郎はどこ吹く風の顔で答えた。

「それに、俺の故郷の国が自己犠牲を美徳とするのは本当だぞ」

「うえぇ、そんなんだからセイさんみたいな仕事中毒人間が育つんスよ」

こいつは本当に、たまに核心を突くなと思いながら、誠一郎はお茶を一口飲んだ。まぁひとまずは面倒ごとが一つ……いや二つ片付いた。

経理課に戻って仕事をしようと立ち上がると、ノルベルトも口の中に菓子を詰め込んだまま慌てて付いてくる。その後ろ姿に、ラディムから声を掛けられた。

「コンドゥ」

振り返ると、メイドが何かを持ってきた。

「経理課の面々で食べると良い」

わざわざ包みに入れられたのは、さっきノルベルトが気に入って食べていた菓子だった。チラリと視線をノルベルトにやったラディムに、そういえばと思い出す。

ラディムは王族を守る第二騎士団の団長だ。

「殿下はご存じなのですか？」

渡された包みを受け取りながら主語を消して訊くと、当然だと頷かれた。

「この菓子も殿下の御指示だ」

「へぇ？」

「お前信じていないな……。殿下は聖女様への憧《あこが》れが強い傾向にあるが、立派な第一王位継承者であらせられる」

誠一郎が目にするのは大体優愛と一緒のときのためだからだろうか。まぁこの国の次の王が誰であろうと、誠一郎にはさほど関係がない。礼を言って退室すると、待っていたノルベルトに菓子の包みを投げた。

「わっと、セイさんコレ仮にも殿下から下賜《かし》された物ッスよ」

笑うノルベルトに、こいつもこいつで意味を理解しているのだと分かる。

「お前はどうも思わないのか？」

同じ現王の子ながら、身分の低い妾腹《しょうふく》で養子に出された自分と、第一王位継承者として皆の上に立つ実の兄。

「強《し》いて言うなら、うちの親族って俺のこと食い物で釣る傾向にあるなってことスかね」

「？　コレ以外にもあるのか」

「あったっス、あったっス」

ケラケラ笑うノルベルトは既に十八歳で、こちらの世界では成人済み男性だ。菓子で喜ぶ年齢はとうに過ぎた。

「まぁ貴族間じゃよくある話っスよ」

「そんなものか」

「一応、王族だから何かのときのために把握《はあく》しとかなきゃまずいってだけで、貴族だともう養子に出したっきり、親族も知らないとかたまにあるッスよ」

「お互いに親族だって知らないってことか？」

それはまた、ドラマのような世界だ。

「一応家を継ぐ者には伝えられるけど、他の親族は全然知らない場合もあるっス。それこそ、何かこの二人似てるなってのが兄弟だったりとか」

「ふぅん」

この辺は異世界というよりも、誠一郎が貴族社会に不慣れなだけかもしれない。

「そう言えば、ノルベルトも洗礼を受けたんだろ？　御神体って見たことあるか？」

「ああ、御神体。あるっスよ、あの魔鉱石が入った像っしょ？」

やはり国民は皆見たことがあるらしい。

「あれって魔力を……」

「吸収するやつッスよね」

一応王族なので聞いてみようかなくらいの軽い気持ちで聞いたら、あっさり答えが返ってきた。

「周知なのか？」

「おっと。あ、やばいコレ秘密でした」

「おい」

ノルベルトが言う秘密となると、それはつまり国家機密じゃないか。そんなものを日常会話の流れで聞かせないでもらいたい。

「えへへ、まぁセイさんなら良いっしょ」

ヘラヘラ笑われて、故意的なものだと察した。本当に、このチャラ男はたまに見かけに寄らない行動をするから心臓に悪い。

仕方なく、ひとまず人気《ひとけ》のない倉庫に場所を変えた。

「どこから、どこまでだ？」

誠一郎の言葉少なな質問に、ノルベルトは正確に意図を汲《く》んで答えた。

「王家の人間と教会の司教までっスね」

本気で国家機密じゃないか。まさか宰相《さいしょう》であるカミルや騎士団長であるアレシュまで知らないとは思わなかった。どうりで人によって言っていることが違う訳だ。

「その溜めた魔力はどうしてるんだ？」

魔力と言われるとファンタジーな印象だが、要は動力エネルギーだ。それを人体から吸い出せ溜めれば、誠一郎にとっては資産と見なせる。教会の収支報告書には、魔力による収支の記載はなかった。

「王都の防衛結界ス」

「防衛結界……？」

また初耳の単語が出てきた。

ノルベルトの話をまとめると、ロマーニ王国の王都には代々王家が管理する防衛結界が張り巡らされていて、それによって魔獣を寄せ付けなくしているらしい。

「そんなものあったら皆分かるだろう」

全く魔力のない誠一郎ならまだしも、国民は発動はできなくても少なからず魔力は持っている。第一に、魔獣が全く寄り付かない街など不自然過ぎるだろう。

「街に結界が張られること自体は珍しいことじゃないっスし、それは皆知ってるっスよ。ただこの王都の結界はちょっと特殊でして、他国からの魔法攻撃なんかも跳ね返せちゃう特別製なんス」

　話がファンタジーすぎてついていけなくなりそうだったので、誠一郎はどうにか脳内で科学に変換させる。つまりは、猛獣除《よ》けの電気柵《さく》とプラズマシールドに攻撃機能を備えさせた物の違いくらいか。…………全く別物じゃないか。

「全く別物じゃないか」

　思ったことと同じことを口頭で繰り返す程驚いた。

「全くって程じゃないんスけどね。同じように魔石と陣で作ったものだし。ただ継続させるのには膨大《ぼうだい》な魔力が必要なことくらいッス」

　電気柵……普通の結界だと最初に陣と魔石を用意し、魔力を使って発動させたらしばらくはもつ。何と言っても、誠一郎自身が今魔の森に施そうとしているので仕組みは理解している。だが、王都の結界は常に魔力を注ぎ続けなくては維持できず、一度魔力補給が切れると一から組み直さないとならない程ややこしいらしい。

「そうは言っても、ずっと魔力を注ぐのも無理があるッスから、そこで教会の出番ですよ」

　国民たちの〝祈り〟を魔力奉納させるための特殊な魔導具が御神体には組み込まれている。

　だからこその、国の支援なのだ。

「国を守っているんだから、大々的に告知しておいても良くないか？」

「そんなことしたら他国に知られるじゃないっスか」

「ああ、なるほど」

戦争を知らない世代の誠一郎にはピンとこないが、こちらでは国同士の争いがあり得ることは過去の経理課の軍事経費の資料で分かってはいた。

ロマーニ王国は穏やかな気候と広大な大地で農作物の育ちも良い。魔の森だけがネックだったが、そちらも聖女伝説の根付く国としてある意味魅力的ではあった。なぜかというと、国民にとって聖女という絶対の拠所《よりどころ》があるから聖女さえ掌握《しょうあく》すれば国をまとめるのが容易《たやす》いからだ。だからこそ、国は聖女を欲し、次代聖女の神託《しんたく》を下せる聖女の血を王族に取り込もうとしている。まぁそれを全部壊そうとしているのが、誠一郎なのだが。

それはともかく、ノルベルトからの衝撃の告白に誠一郎は経理課に戻るや否《いな》や、保管庫の資料を漁《あさ》り始めた。

いくら秘匿《ひとく》されていたとしても、防衛結界のために使われた金の流れがどこかに見つかると思ったからだ。

それは一晩かけて、確かに把握できた。

一つずつの金額は大したことがないが、整理していくにつれ、不自然な増額が見えた。ノルベルトから話を聞かなかったら、魔法や教会に詳しくない誠一郎では見逃していた。

ノルベルトの話と過去の資料を見て分かったことは三つある。

一つ、国民の祈りの魔力は教会の御神体に保存できる。

二つ、王都の防衛結界はその魔力が使われる。

三つ、王国は教会へ魔力提供分も含めて支援金を出している。

どうりで、国教とはいえ支援金が多いはずだ。【聖女召喚】にもこの魔力の一部が使われたらしい。しかしこの『魔力の使用量』については、どこにも具体的な数値がない。秘匿されているのだから当然かもしれないが経理課の書類には『防衛費』の項目と『教会への支援金』がごっちゃになっていたし、魔導課の資料にもざっくりとしか記載されていなかった。

だが、エネルギー資源として認識され、金銭が発生している以上は詳細な情報が必要だ。


「セイイチロ殿、体調がすぐれないようですが、大丈夫ですか？」

ほぼ徹夜で資料探しをした翌日、教会に着くなりシーグヴォルドに声を掛けられた。

「大丈夫です」

そう答える誠一郎の目の隈《くま》はいつもより濃く、顔色もどこか青白い。その上頭が思考に向かっているせいか、普段から淀《よど》んだ瞳はどこか遠くを見ていて、時折ぶつぶつと何かを呟《つぶや》いている様は、とてもじゃないが大丈夫には見えなかった。

「ですが顔色が……」

「あっシーグヴォルドさん！　と、近藤さんも、おはようございます！」

シーグヴォルドが言い募ろうとしたが、それよりも早く優愛の元気の良い声が響いた。

視線を向けると、優愛の後ろから簡素な服に頭にターバンを巻いたユーリウスが嬉し気に歩いて来ていた。もしかして、変装のつもりだろうか。周囲に私服姿の騎士らしき人物が数人見えたので、護衛は付けているようだ。

「聖女様……と、殿下……」

「畏まらなくて良い。この格好のときは、気安くユーリと呼ぶことを許す」

戸惑《とまど》いがちに自分を見るシーグヴォルドに、ユーリウスは機嫌良さげに答えた。

「近藤さんっ！　ユーリ様が学習塾の支援をしてくれるんですって！　ユーリ様も同じことを考えてたみたいで、今日はお忍びで救済院の見学に来てくれたの！」

　さすが、恋する男は行動が早い。

「コンドウ、ちょっと……」

　生暖かい目で見守っていたら、そのユーリウスにガシリと首をロックされて引きずられた。

「なんですかでん……ユーリ様。上手くいっているようですが」

「貴様の案は良いが、ユアのシーグヴォルドへの態度はなんだ!?」

　小声で怒鳴られ、後ろをこっそり振り返ると頬を桃色に染めた優愛が、キラキラとした瞳でシーグヴォルドを見上げながら嬉しそうに喋《しゃべ》っていた。優愛はアレシュを好きなのかと思っていたが、女子高生の心は移ろいやすいのだろうか。

「ユアはアレシュを気に入っていたと思っていたが、シーグヴォルドのような真面目堅物も好みなのか？」

　ユーリウスの言葉に、何だ気付いていたのかと驚いた。

「知りませんよ。ご自身で確認されてはいかがです？」

「貴様はユアとシーグヴォルドが一緒にいるのを何度も見ているだろう！」

　そんなことを言われても、誠一郎の頭はほぼ仕事で占められているので、そんな色恋のあれこれを気にして見ていない。まぁでも、シーグヴォルドは確かに美形であるし、背も高く体格も良い。言われてみれば、アレシュに容姿も似ているか？

「見た目が好みなのでは？」

それに比べると、ユーリウスは線が細いというか、身長は誠一郎と同じくらい、細身な外見で『かっこいい』よりも『綺麗』という賛辞の方が似合う。色合いも、銀髪碧眼《ぎんぱつへきがん》でキラキラしていて、黒髪のアレシュや茶髪のシーグヴォルドより派手だ。

「色合いとか……私の国では黒髪、茶髪が一般的なので殿下の銀髪碧眼よりも落ち着くんじゃないですかね」

「金か銀の髪と碧い目は高貴たる王家の証だぞ！」

ああ、言われてみれば現王もノルベルトも同じ色だった。

「まぁでも、あんまり見慣れないので……」

「あの二人だって紫の目は、この国でも珍しい類《たぐい》だぞ！」

そうなのか。思い出してみれば、あの二人以外の紫の目は見ていないかもしれない。

「ユーリ様〜、救済院に行かないんですかー？」

「今行く！」

ポイと誠一郎を投げ出して優愛の元に急ぐユーリウスとすれ違うように、シーグヴォルドが誠一郎に駆け寄る。

「大丈夫ですか？」

「ああ、はい……」

間近で見るシーグヴォルドのアメジストのような紫の瞳は、確かにアレシュと同じ色だ。

――それこそ、何かこの二人似てるなってのが兄弟だったりとか――。

「…………さすがにそれはないか」

「何ですか？　やはり体調が……」

独りごちた誠一郎をシーグヴォルドが覗き込んでくるが、首を振って応える。

「コンドウ！　貴様も来て案内と説明をしろ！」

「はいはい」

せっかくスポンサー様が直々においでくださっているのだ。その場で説明した方が話は早い、と誠一郎は呼ばれた先へと向かった。

救済院の今日の担当はセリオだったらしく、突然現れた優愛と一緒の男に一時警戒したが、シーグヴォルドと誠一郎の姿を見て納得したようだった。それよりも、救済院には誠一郎にとって意外な人物がいた。

「シグマくん！」

「あ、にいちゃん……よかった、いてくれた……」

救済院の入り口でウロウロしていたのは、見覚えのある汚れた帽子の少年で、声を掛けるとホッとしたように息を吐いた。ユーリウスと優愛の護衛が警戒する中、誠一郎は足を踏み出し、シグマを保護する。

「どうしたんだ？　こんな所で……」

「あ……私塾の話をかあちゃんにしたら、お貴族様の気が変わらないうちに、すぐにでも約束を取り付けてこいって言われて……」

いつもの生意気な態度ではなく、周囲に明らかに身分の高そうなユーリウス達がいるせいか、どこかオドオドと怯《おび》えるような早口で答えてくる。しかしなるほど、勝手に病弱で儚《はかな》げな母親を想像していたが、下町の母親は逞《たくま》しい。誠一郎は貴族ではないが。

「まぁちょうど良かったよ。対象である救済院の子達と市井の子両方が揃った状態だと、スポンサーに説明しやすくて良い」

「すぽん……さー？」

「出資者のことだ。あちらのターバンの男性だよ。俺は貴族じゃないが、あの人は本当に身分が高いから気を付けるように」

こっそりとそう告げると、シグマの背が定規《じょうぎ》を入れたようにぴしりと伸びた。

「お前……その子どもとどういう関係？」

さっきまでユーリウスにビビりながら救済院の説明をしていたセリオが、解放されたのか今度はこちらにやって来た。

「どういう……？」

露天商と客、が一番ぴったりくるか。だがそれよりも、

「シグマくんは、大変賢くて見込みがあるので私が勧誘してきた子です」

頭の回転も速いし向上心もあるし器用なので、きっとものになるはずだ。優愛から私塾の話が出たとき、一番に浮かんだのは彼だった。むしろ彼のためのシステムが作れると思ったくら

いだ。そしてまだまだ彼のような子どもはいるはずだ。だからこそ、国庫から資金を出しても十分見返りのある事業だとカミルに言った。

「勧誘って……ど、どこで……」

「下町の露店です」

初めて会ったとき、自分で計算しやすいように試行錯誤《しこうさくご》してオリジナルの道具を作っていたという独創性、行動力が大変素晴らしいことをセリオに説明するが、なぜか固まって聞いているのか聞いていないのか分からない顔をしている。

「セリオさん？」

「！」

呼びかけると、びくりと震えたのを見て、シーグヴォルドがため息を吐《つ》いた。

「だから言ったでしょう、セリオ。使徒殿……セイイチロ殿はこういう方なのです。お前も周囲の言葉や先入観に流されず、自分の目で見て考えなさい」

目に見えて言葉に詰まるセリオはさて置くことにして、誠一郎は改めてシグマを連れて救済院に入ろうとした所、またしても予想外の人物の出現により固まることとなる。

第五章　また倒れました

救済院の入り口の扉の前。

「来ちゃった」

元の世界ではめったにお目に掛かれない、オレンジとピンクの混じった甘い髪色。眠そうなペリドット色の瞳でへらりと笑うのは、いつも研究室の本の巣窟《そうくつ》、その奥に籠《こも》った引きこもり……ではなく、宮廷魔導課副管理官のイストだった。妙に新鮮な気がしたのは、遠征以外で日の光の下見るのは初めてだったからと気付く。本気で仕事以外で外に出ることがあったのだと感動した誠一郎《せいいちろう》だったが、今はそれよりも場所が場所である。

「何しに来たんですか」

「え～？　コンドゥが昨日来て色々資料見て行ったから、御神体《ごしんたい》見に行くんだろうなって思って」

確かに昨日突然、魔導課にアポなし訪問して長時間資料を漁《あさ》っていたのは誠一郎だ。まさか、イストが己の欲望に関することだけ、こうも勘《かん》が良くフットワークが軽いとは思わなかった。しかし嘆《なげ》いてばかりいても事態は好転しないし、この暴走魔導士を野放しにしてはいけない。

「だれこのひと？」

「おきゃくさま？」

既に救済院の前でごちゃごちゃやっている誠一郎達を見つけた年少の子ども達が集まってしまった。もう少し年上の子ども達は、注意をしたいがイストの服装で身分が高いと分かり遠巻きに見ている。

「あっ、皆ダメだぞ！　その人はお城の魔導士様で……！」

その中でセリオが果敢《かかん》に救済院の子達がイストに無礼を働き怒られないかと飛び出してきたが、誠一郎はそれよりもイストが子ども相手に何をやらかすかの方に不安を抱いた。しかし意外にもイストは子どもの前に座り込み、視線を合わせて問いかけた。

「今日はもう〝おいのり〟はした？」

「ううん、まだだよ」

「きょうはおきゃくさまがくるから、あとだって」

「そうなんだ～。じゃあ一緒に行っても良い？」

イストが子どもと同じ調子……いや、いつも通りの口調で訪ねて首を傾《かし》げると、子ども達も精神年齢の近さを感じ取ったのか、気安い感じで笑った。

「おいのりしたいの？　いいよ！」

「イストさん、お祈りって？　……イストさん！」

「セイイチロ殿、その方はもしや……」

誠一郎の声に反応したのは、イストよりもシーグヴォルドが早かった。司祭のシーグヴォルドと魔導課副管理官のイストならば面識があっても不思議ではない。少なくとも、優愛《ゆあ》と誠一郎が喚《よ》び出された場にはいたであろう二人だ。

「あ、ご存じかとは思いますが……宮廷魔導課副管理官のイストさんです」

「イスト殿。ようこそアブラーン教会へ」

前に出て手を差し伸べるシーグヴォルドを、イストはしばらくキョトンと見た後、思い出したかのように頷《うなず》いて握手した。魔導課長官の苦労が偲《しの》ばれる。

「それでその、先ほどの……」

「お祈りに行くんですよね？　僕も一緒に行きます」

決定事項のように言うイストはこんなでも宮廷魔導課副管理官という肩書を持っている。邪険にはできないシーグヴォルドが助けを求めるように誠一郎の方を見たが、それには気付かないふりをすることにした。イストの目的と照らし合わすならば……〝お祈り〟とはすなわち、御神体への魔力補給だろうことの予測が付いたからだ。

「あ、〝お祈り〟に行くんですか？　だったら私も行きますよ」

「!?」

話を聞いていたらしい優愛が手を挙げたが、誠一郎はそれにギョッとした。

（待て！　〝お祈り〟が【御神体】への魔力補給なら……）

優愛の反応を見る限り、優愛は〝お祈り〟に参加したことがある。それも日常的にだ。

（聖女は【浄化《じょうか》】が最優先なのに、その聖女からも魔力を搾取《さくしゅ》していたのか!?）

聖女の【瘴気《しょうき》浄化】は何よりも最優先されるはずで、王宮では優愛は訓練以外では魔力を使わないように管理されていたはずだ。少しの治癒《ちゆ》や浄化の魔法程度ならば、遠征《えんせい》の合間でなら魔力操作の練習にもなるし聖女の付加価値を高めるパフォーマンスにもなると、問題ないとされているはずだが、御神体への魔力供給の限度は分からない。それこそ際限なく吸い取れるものだとしたら、浄化にも影響が出た可能性もある。優愛は以前も誠一郎が体調が悪いと言うと治癒魔法を使おうとしたことがあり、救済院の手伝いの延長で子ども達と一緒に〝お祈り〟をしていたのだろうが、これは王宮には報告されていないはずだ。現にユーリウスの顔色が変わった。

「ユア……そなた、〝お祈り〟には頻繁《ひんぱん》に参加していたのか？」

「え？　は、はい。救済院のお手伝いのときは大体……」

ユーリウスの優美な眉が顰《ひそ》められる。

「白石《しらいし》さん」

ユーリウスにそんな顔を向けられるのは初めてで戸惑《とまど》う優愛は、誠一郎に呼びかけられ、慌《あわ》てて振り向く。

「〝お祈り〟の方は、私がイストさんの案内で行くので、白石さんはここでユーリ様の案内をお願いします」

「え……あ、はい……」

チラリと視線をユーリウスに向けると、視線がかち合い、逸《そ》らされた。

「ああ。ユア、案内の続きを頼む」

「は、はい」

いつもの様子で笑顔を向けてくるユーリウスに、戸惑いは残るもののホッとしたらしい優愛も笑顔で頷く。

「さ、行きましょうかシーグヴォルドさん」

「行くってどこへ……」

シーグヴォルドは話に付いてこられていなかったらしい。

「【御神体】の所に決まってるじゃないですか」

「えっ！　いや、あそこは特別な礼拝室なので、部外者を入れるには司教の許可が要《い》ります」

「そうなんですか？」

聞けば式典のときなどは解放されるそうだが、普段は教会関係者のみが出入りする場らしい。

「そうですか、じゃあ聞いてきてもらえますか？」

「そんな急に……」

「いや、私はいいんですが、このイストさんは、それを目的で約束もなく単身やって来たんです。その意味……分かりますよね？」

イストは宮廷魔導課の副管理官。誠一郎と同じ階級ではあるが、経理課に比べて魔導課の地位は高い。その副管理官が、単身やって来て参加させろと言っているのだ。それは即《すなわ》ち……。

「この人はダメだと言っても聞く人じゃないんです。本当に何をしでかすか分からないんで、早く確認して来てください。私ではそう長い時間は持ちません」

「すぐに行ってきます！」

かくして司教の許可を得たイスト達は、救済院の子ども達とシーグヴォルド、それに普段礼拝の指揮を執《と》っているシプリアノと共に礼拝室へと向かった。それには、誠一郎とシグマも一緒だ。シグマは何てことはない。誠一郎しか知った顔がいないこともあって付いて来ただけだ。しかし職人の修行をしていただけあって、教会内の装飾を興味深そうに見ている。

「コンドゥ様、収支報告書の直しが遅れていて申し訳ありません。明日にはお渡しできると思いますので」

教会の経理も担当しているシプリアノが細い目をさらに細めて申し訳なさげに声を掛けてきた。

「いえ、大丈夫です。明日ですね、分かりました。お忙しいのに余計な手間を取らせてしまい、すみません」

順当にいけば誠一郎は明日でこの教会ともおさらばということか。そうとなれば、ますます今日中に色々終わらせておかねばならない。誠一郎は寝不足でふらつく足に改めて力を入れた。

案内された礼拝室は、一般の市民が訪れる礼拝室よりも簡素な造りの部屋だった。石畳《いしだたみ》の十二畳ほどの部屋に、白い絨毯《じゅうたん》が敷かれている。天井《てんじょう》の一部にステンドグラスがはめ込まれ、その光が絨毯を色付かせている。扉の正面に祭壇と思《おぼ》しき台があり、青い宝石のような物が埋め込まれた三十センチ程の像が祀《まつ》られていた。

間違いない、あれが【御神体】だろう。

凜々《りり》しい顔の男の像で、一般向けの礼拝室でもこれに似た大きな像を見たので、これがアブラーン神だろう。誠一郎の体調は絶賛最悪だ。

「相変わらず美しい……」

誠一郎の顔色には気付かず、隣でシーグヴォルドがほうと恍惚《こうこつ》のため息を吐《つ》いた。

「私は幼い頃、魔力が抑えきれず、自分が悪魔の子ではないのかと思っていました」

そんな折、教会に連れてこられ、この礼拝室でアブラーン神に祈ったことで落ち着きを得て、一生神に仕《つか》えようと誓ったという。

(それって、有り余る魔力を吸い取られて落ち着いただけじゃ……)

もちろん精神面の問題もあるのだろう。実際魔力の暴発はなくなり、神という拠所《よりどころ》を得てシーグヴォルドは魔力がコントロールできるようにもなったのだろう。というか、この話の流れからいって、やはりシーグヴォルドも【御神体】をただの信仰対象だと思っているようだ。さすがにずっと教会にいたら気付かないか？　とも思ったが、この一ヵ月共に過ごしたシーグヴォルドの性格を考えると、あり得る。とても『寄付金横領《おうりよう》』と『信徒からの魔力摂取』を容認する男ではない。

考えを巡らせていた誠一郎は油断していた。

いや、寝不足と部屋中に充満する〝魔力〟に酔《よ》っていたのもある。

「兄ちゃん危ないっ!!」

シグマのその声を聞くまで、自分に向かってくる魔力の固まりに気付かなかった。

δδδ

「あれ？」

母に蹴《け》り出されて訪れた救済院で、なぜか〝お祈り〟に同行する羽目《はめ》になったシグマは、違和感を感じ声が出た。

「どうかした？」

そんなシグマに気付いて声を掛けてきたのは、先ほどシグマの上客で官吏《かんり》である誠一郎の頭を抱えさせていた寝ぼけ眼《まなこ》の男だった。とてもそうは見えないが、この人もマントをしているからお城の偉い人らしい。

「あ、いやえっと……前と〝お祈り〟の仕方が違うなって思って……や、思いまして……」

「あ〜、お祈りやった事あるの？」

「俺は魔力はそんなにないから、洗礼のときだけ……ですけど、もう五年も前だから、やり方変わったのかも……」

何か無礼があってはいけないとしどろもどろに答えるが、相手の男、イストはシグマの下手《へた》な敬語を気にすることなく小さく何度も頷く。

「そうだね〜僕も久しぶりだけど、前はこんなじゃなかったよね〜。これだと魔力の吸い上げきつすぎだから、体内の魔力循環がおかしくなって暴走しちゃう子もいるかもしれない」

「え？　魔力の……吸い上げって……？」

「ん？」

〝お祈り〟はあくまでもアブラーン神の加護《かご》への感謝を伝える儀式《ぎしき》だとしか知らないシグマは驚いたが、国の魔力の統括《とうかつ》組織とも呼べる宮廷魔導課の責任者であるイストはそれを不思議だとは分からず首を傾げた。そもそも、イストは昔から魔力が膨大《ぼうだい》で魔法への興味が人一倍強く、魔力の流れを見るのにも長《た》けていたため〝お祈り〟が御神体への魔力供給であることは分かっていたし、それは皆も知っていることだと思っていた。なのでシグマが何に驚いているのか分からなかったが、分からないことは考えない主義なのでそのまま会話を進めた。

「あの神父さんは感知できてるみたいだから、今は毎回このくらいなのかなぁ」

子ども達に指示を出し、率先して祈りを捧げるシプリアノを指して言うイストに、シグマは理解が追い付かないながらも、頑張って付いていこうとした。

「え、えっと、魔力の量が分かるってこと？　ですか？」

「ぅん？　量？　……魔力の？」

「へ？　あ、はい。魔力のです」

「うん、分かるよぉ。魔導課は感知能力高い人集まってるから」

「魔導課!?　兄ちゃん魔導士なのか!?」

「魔導課だよ。今日はちゃんとマントしてるよ」

いつもはよく忘れるのかというツッコミは置いといて、庶民《しょみん》でそのうえ下町育ちにとって宮廷の官吏など遠い存在で、色分けも知らないしマントの意味も分からない。だが、子ども達にとって騎士と魔導士が憧《あこが》れなのは、貴族も庶民も変わらなかった。特にシグマは、戦う騎士よりも研究をして便利な魔法や道具を生み出す魔導士へ憧れていた。今目の前にいるのが国一番の魔導士だとは気付いていないが、シグマは尊敬で瞳をキラキラさせてイストを見上げた。

眠そうな目も、やたら汚れている袖口《そでぐち》も、魔導士だと思うと研究疲れに見えてかっこよく見えるから不思議だ。イストは研究から離れても年中寝ぼけ眼だし人の話を聞いていないし袖口も汚いのだが、シグマはそんなことを知る由《よし》もない。

「あっあっ、じゃ、じゃあ感知能力のない人でも、魔力の量が分かる道具があれば安心ですね！」

「ん？」

「感知能力が俺みたいにない人でも、目で見える道具とかあったら安心ですねって」

幼い妹がいるせいか短い会話の中で、イストが一度で人の言うことを聞き取らないのに気付いたシグマが重ねて言ったが、イストは別に耳が聞こえにくいとかではない。自分の考えに没《ぼっ》頭《とう》しやすく、人の話を聞くという概念が薄いので大体の言葉は聞き流してしまうのだ。

しかし、それが興味のあることとなると話は別だ。

つまり先ほどのシグマの言葉を、イストはちゃんと聞き取っていた。その上で聞き返したのだ。詳しく、と。

「それってどういう形？　感知能力がない人が見えるようにってことは目に？　目に付ける道具？　眼鏡《めがね》型にして監視する？」

急に早口になったイストに迫られ体をのけぞらせながら、シグマは一生懸命答えた。

「え、えっと、それでも良いですけど、誰にでも目に見えて分かった方が良いと思うから、値が一目で分かる物を皆が見える場所に置いておくとか……」

「一目で？　それはどうやって？　数字？　文字？　読めない人はどうするの？」

「や、字とかじゃなくて……色とか……」

「色!?　魔力量で色が変わるようにするの？」

「えっと、そうじゃなくて……あの、まず魔力で変化する物ってありますか？」

「うんある。あるよ。魔力で大きくなるクェルシルって物質。毒なんだけど。魔法研究でよく使う鉱石から抽出《ちゅうしゅつ》できるよ」

「それは魔力が染みて色が変わるんですか？　それとも大きくなるんですか？」

「うんそうそれ。膨《ふく》らむ」

「それならそれを長方形の型に入れ、型の下からだけ魔力に触れられるようにしたらどうでしょう？」

「膨らむと、上に広がる」

「はい。その広がった分の圧力で色が変わるようにすれば……」

「魔力の量で色が変わる！　できた!!」

「いやまだ仮説なんでできていないです……っ！」

万歳《ばんざい》をしそうなイストをシグマは慌てて止めるが、シグマ自身も内心でき上がりが目に浮かび、飛び跳《は》ねたい気分だった。元来物作りが好きな気質だ。手先も器用だったので、父親と同じように木工職人になろうと思っていたが、幼い妹のために木片でおもちゃを作るのが楽しかった。その延長で、露店でのお金の計算のためなどに思考を重ねて道具を作ったり、家事を楽にする道具を作ってみたりしていた。大体皆、見たことがない物は敬遠するし、説明してもなかなか理解してもらえなかった。母と妹だけが説明を聞き、喜んでくれていた中、誠一郎に会って初めて他人《ひと》に自分が作った物を褒《ほ》められ、その上お金まで貰《もら》えた。それはシグマにとって、衝撃的なできごとだった。そして今また、少年の可能性は広がった。

　しかしその興奮は長くは続かなかった。

他でもない、今まで早口で捲《まく》し立てていた相手が急に何かに気付いて、振り返った。視線の先にはお祈りをする子ども達と神父で……何か様子がおかしい。

一人の小さな少年の体がガタガタと震え始めた。

「いけない。あふれる」

「え」

聞こえるか聞こえないかの呟《つぶや》きの後、イストが袖口から何かを取り出す。

ジャラ、という音でそれが石のような硬く小さな物の集まりだと分かると同時に、イストの口から歌のような呪文《じゅもん》が紡《つむ》ぎ出される。庶民の間では、魔法は教会や儀式でしか見ることがないのであまり馴染《なじ》みがなく、シグマは驚きと不安の中、こんな非常事態だが間近で見る魔法に興奮している自分も感じた。イストのネックレスのような物で巻かれた腕が子どもに差し出され、震えていた子どもの体がだんだん落ち着いてきたかに見えた。

「あ、だめだ出る」

「え」

しかしイストの呪文を紡ぐときと違う、あっけらかんとした声と共に、何かが子どもの体から勢いよく飛び出たように見えた。そしてそれは、後方で司祭と話をしていた誠一郎に向かってまっすぐに飛んで行った。

「兄ちゃん危ないっ!!」

会話で気付いていない誠一郎に向かって叫ぶが、シグマにはどうすることもできない。あんなに大きな魔力の固まりを食らっては、大怪我《おおけが》をしてしまう。ぶわりと嫌な汗が体中から噴き出したが、その時、誠一郎の前に白い光が広がった。

シーグヴォルドが誠一郎を庇《かば》うように腕を出し、とっさに結界を張ったのだ。

一瞬、礼拝室が光で覆《おお》われ何も見えなくなったが、魔力の固まりは無事消されたらしく、誠一郎にもシーグヴォルドにも、部屋にも目に見える変化はなかった。

「よ、良かったぁ兄ちゃん……」

思わずへたり込むと、後ろでは魔力を暴発させた子どもが何が起こったか分からずキョロキョロしていた。あの子にも悪い所はなさそうだ。優しそうな神父が子どもをフォローしているので、もう一度誠一郎の方へ視線を戻した。

「え!?　兄ちゃん!?」

「セイイチロ殿！　セイイチロ殿しっかり！」

そこには、シーグヴォルドに抱かれぐったりとしている誠一郎の姿があった。

シグマとシーグヴォルドの呼びかけにも反応せず、目は虚《うつ》ろで呼吸が浅い。魔力の固まりは当たってないはずなのになぜ？　と二人は混乱する中、イストが駆け寄ってきて覗《のぞ》き込《こ》む。

「イ、イスト殿、これは一体……」

「あ～やっぱり結界なくなってたな～」

焦点《しょうてん》の合わない誠一郎の目をじっくり覗き込みながら言うイストは、そう言うとおもむろに誠一郎に唇を重ねた。

「え!?」

「!!　!?」

衝撃が二人を襲うが、イストは構わずシーグヴォルドに抱かれた誠一郎の、薄く開かれた口内に舌を差し込む。

「ん……ぅ……」

「んぁ……んー……だめか〜」

たらりと唾液《だえき》を垂らしながら呟くイストに、シグマは全くついていけない。同じくついていけていないシーグヴォルドが、慌てて誠一郎を抱え込み、袖口でイストの唾液で濡《ぬ》れた唇をぬぐう。

「い、イスト殿、神聖な教会で、この非常時に一体何を!?」

その様子にイストはコテンと首を傾げ、寝ぼけ眼でじぃっとシーグヴォルドの紫の瞳を見つめ、そして頷いた。

「やっぱり同じ人が早いよねぇ。司祭様魔力いっぱいあるし」

「な、何を……同じ……？」

一人納得して頷くイストに、訳が分からず通訳を求めたくなったが、この場で唯一《ゆいいつ》それができる人物こそ、今シーグヴォルトの腕の中で虫の息なのだった。

「ふざけていないで、早く治療院へ……」

「あ、だめだよ治療院なんて行ったら、コンドゥ死んじゃうから」

「死!?」

誠一郎をいわゆるお姫様抱っこで抱き上げ、教会内の治療院へと向かおうとするシーグヴォルドを、イストは眉をへの字にして止めた。その言葉の衝撃に、再びシーグヴォルドは固まるが、次の発言でさらなる思考破壊をされることとなった。

「だから司祭様、コンドゥのこと抱いてやってくれない？」

δδδ

「あっアレシュさん！」

門を開け遠征用の外套《がいとう》を羽織ったままのアレシュを見つけ、優愛は声を上げた。

誠一郎たちと別れ、子ども達もお祈りに行ってしまってガランとした救済院内をユーリウスを連れて説明して一周した頃だった。

「アレシュ。遠征から戻ったか」

ユーリウスに声を掛けられ、扉を開けた勢いそのままで辺りを見回していたアレシュは、それで彼らに気付いたようにユーリウスに対し礼をした。

「ハッ先ほど、第三騎士団一人も欠くことなく無事帰還いたしました」

「うむ。ご苦労だった」

形式上の挨拶《あいさつ》を終えたアレシュは改めて立ち上がり、辺りを見渡す。

「アレシュさんおかえりなさい！」

「ああ……はい」

優愛に声を掛けられ、適当に流そうとしてユーリウスの手前だと思い出し返事をするが、視線は定まらない。

「アレは？」

アレとは、言うまでもなく、あの仕事命で自分の体調向こう見ずな男のことだ。

遠征から戻ってすぐにアレシュはユーリウスが不在なのを良いことに報告を後回しにして邸宅《ていたく》に帰ろうとした。それはもちろん、遠征中ずっと頭を占めていた心配なアレの確認のためだ。早く会いたかった、とも言う。いや、毎日のように定時連絡と一緒に送った手紙に、返事一つ寄越さなかった文句を言うためもある。しかし王宮を出るよりも前に、アレの部下に会い、アレが今教会にいることを知った。

教会への出向はすでに終わっているはずの予定であるのにだ。

そもそも、アレは体質的に魔力にも魔素《まそ》にも弱く、アレシュの念入りな【結界】がない限り教会へ赴《おもむ》くこと自体が自殺行為なのだ。にもかかわらず、アレシュの予定よりも長い不在で【結界】がほぼ消えているであろう今も教会に通っているとはどういうことだ。出向の終了期間を考慮し、遠征を延ばしても大丈夫だと判断したアレシュは自らの迂闊《うかつ》さを悔《く》いた。

アレが、こちらの思惑通りに動くことなどなかったことを思い出したからだ。

そしてアレシュは、部下が止めるのも聞かずに教会へと馬を走らせたのだ。

「コンドウのことか？　アイツなら救済院の子らと一緒に〝祈りの間〟に行っているぞ」

アレが分からず首を傾げる優愛と違い、すぐに察したユーリウスの答えに、アレシュの眉間《みけん》に皺《しわ》が寄った。

「祈りの間……？　まさか、御神体のあるあの場所ですか？」

「あ、はい。そうです。御神体を見学されたいって……きゃっ⁉」

優愛の返答を遮《さえぎ》るように、爆発音が轟《とどろ》く。

「えっ？　え⁉　な、何……⁉」

「火の手は上がっていないな！　爆発音があったのは……〝祈りの間〟の方向か！」

優愛を抱きとめながら周囲を見渡したユーリウスの言葉を最後まで聞くことなく、アレシュは踵《きびす》を返し走り出した。

δδδ

「な、なな……何……を……」

シーグヴォルドは、動揺のあまり声を上擦《うわず》らせた。普段は落ち着きのある美声だと信徒の女性達から評判だが、今ばかりは仕方がないだろう。

「だって司祭様さっきコンドゥに【結界】張ったでしょう？」

「張りましたが、それとどうして、だ、だだ、抱くという話が結びつくのですか」

「ん～？」

慌てるシーグヴォルドとは対照的に、イストは変わらぬ様子でコテンと首を傾げる。

「司祭様は、コンドゥが魔力耐性が弱いって知らないんですっけ？」

「えっ」

言われてみれば、花苑《かえん》でそんな話を聞いた。しかしそうは言っても、誠一郎は問題なく教会に通っていたし、食べ物に気を遣《つか》っている以外は気を付けているようには思えなかった。そこで思い出す。誠一郎が今日は何だか体調悪げにふらついていたのを。

「あ〜、普段は全身に結界を張り巡らせて、他の魔力や魔素を防いでるから」

「そんな高度な結界を!?　いや、でもそれなら……」

「今はだめです。結界がほぼ消えていたんで」

「!?　彼は魔力や魔素に耐性がないことを自覚していたのに、結界のことは自覚していなかったのか!?」

「え？　してましたよ？」

「!?」

シーグヴォルドの驚きはもっともである。そうであるならば、結界を張って自らの体に負担であると分かっていながら教会へ通い続けていたことになる。

誠一郎の今朝の様子も、結界が消えたことにより弱っていたのだ。それなのに、わざわざ祈りの間にまで……。シーグヴォルドは腕の中の誠一郎の献身に感銘《かんめい》を受けた。実際の誠一郎のふらつきは、寝不足がほとんどを占めているのだがそれを指摘する人はいない。

「で〜、今のコンドゥは急性魔力酔いになってるんで、早く馴染ませないと体内暴走を起こしちゃうんですよね」

「あ……それでさっき……」

突然のキスは、イストが自分の魔力を吹き込もうとした行為だと分かり、一瞬ホッとする。

「うん、でもコンドゥは魔力が馴染みにくい体質だから、口移しじゃ全然足りなかったです。それに術者の魔力が一番馴染みやすいんで、手っ取り早く体内に魔力を注いでください」

「そ…それは……」

淡々と告げるイストの言いたいことは分かった。

しかし、それはつまり、この腕の中の、隈のひどいくたびれた成人男性を抱くということだ。

この、異世界から神に呼ばれ、この国のために我が身を顧《かえり》みず尽力し、神からの試練にも耐え、そして今そのために体を弱らせている彼を…………。

ぐっとシーグヴォルドは、覚悟を決めて下腹に力を入れた。

「…………分かりました。救命活動です。私が、責任をもってセイイチロ殿を…………」


「必要ない!!」


ガツッと何かが砕《くだ》ける音と、地の底から這《は》い出てきたかのように響く低音に振り返ると、全身真っ黒の男が、壁に拳《こぶし》をめり込ませていた。

「な……!?　貴方《あなた》は……」

そのあまりの禍々《まがまが》しさに、思わず腕の中の誠一郎を庇うように抱きしめたら、黒衣の男から殺気とも呼べる魔力が噴き上がった。

「アレシュ!」

後ろから追いかけてきていたユーリウスが呼んだ名で、目の前の侵入者が第三騎士団団長であるアレシュ＝インドラークであることにようやく気付いた。アレシュも殺気は治め、だが目だけは強い力をもたせたまま、ツカツカとシーグヴォルドに、いや、その腕の中の誠一郎へ歩み寄ってきた。

「ソレの管理は、全て俺がする。返してもらおう」

ギッと睨《にら》まれ宣言され、一瞬なんのことを言われたか分からなかったシーグヴォルドだったが、アレシュが手を伸ばしたことで、ソレが誠一郎を指しているものと分かった。

「返すって……セイイチロ殿は物ではありません。それに、彼は今酷《ひど》く弱っているのです。渡せません」

第三騎士団団長と言えば稀代《きたい》の天才魔導士にして騎士であるとは評判だったが、シーグヴォルドは毅然《きぜん》と答えた。国のため、人のために我が身を犠牲《ぎせい》にして倒れた誠一郎のことは、自分が守らねばと思ったからだ。

「………」

ブワッと、アレシュから噴き出されるプレッシャーがシーグヴォルドに圧《の》し掛かる。しかしシーグヴォルドも怯《ひる》まない。アレシュと同じ紫の瞳に強い意志を載せて、睨み返す。

睨み合う二人の美丈夫《びじょうふ》と出される圧力《プレッシャー》に、周囲もなんと声を掛けるべきか戸惑い、遠巻きに見守るしかできない。沈黙を破ったのは、その狭間《はざま》からだった。

「う……あ、レシュさま………？」

「！　セイイチロ殿！　気が付かれましたか！」

実際に体に触れているシーグヴォルドの方が気付くのが早かった。魔力酔いによって熱に冒《おか》された誠一郎は、焦点の定まっていないぼんやりとした視線をアレシュに向け、ハァと熱い息を吐いた。

「あぁ……良かった、無事で……」

「!!」

心底安堵《あんど》したような声で一言呟き、また意識を失った。

「あー……シーグヴォルド。アレシュは普段からコンドウの体調管理をしている。アレシュに任せて問題ない。渡してやれ」

固まる紫の目の男二人に、ユーリウスが進言した。この国の王子殿下に言われては渡さない訳にはいかなく、シーグヴォルドは渋々ながら横抱きにした誠一郎を差し出した。

「って、何ですかその乱暴さは！　もっと丁重に扱ってください！」

差し出された誠一郎の体を肩に担《かつ》ぎあげたアレシュの粗雑さに抗議するも、チラリと一瞥《いちべつ》されただけでさっさと踵を返された。

「まぁアレシュさんなら大丈夫か～」

「ほ、本当ですか？　術者の魔力が一番早いのではないのですか？」

間延びしたイストの言葉に、不安を隠しきれないシーグヴォルドは尋《たず》ねるが、イストの答えは明快だった。

「大丈夫でしょ。慣れてるから」

「え」


熱くて、頭痛がひどくて、体中が痛い。

社畜《しゃちく》時代にインフルエンザに掛かって寝込んだときを思い出した。あのときも、早期に病院に行って休めれば良かったのだが、熱が出て倒れるまで休めなかったし、インフルエンザと判明した後も出社はさせられないけど仕事はできるよなとデータを送って来られて仕事をし、最終的に熱は四十度まで上がった。

あのときよりは痛みや不快感は少ないが、ずっとぐるぐる目が回っている感じがして意識が遠くにある気がする。でもこの感じは、覚えがある。発熱と言えばあのときのインフルくらいしか思い出せないのだが、何だったか。ええと。

意識を取り戻すと、ぐるぐるが収まった気がする。

それでもまだ熱くて、体は動かせない。でも不快感はないし吐き気もしない。むしろあったかくて、気持ちが良い。温泉に浸《つ》かったときの、じんわりと熱が体にしみこむ感じ。あれに似ている。

温泉。温泉か。

前に行ったのはいつだったかな。……入社して間もない頃の社員旅行かな。あれも四六時中上司に気を遣い、営業に絡《から》まれ、全く気が休まらずに楽しくなどなかったが、温泉だけは良かった。まぁその社員旅行も経費削減で翌年からなくなったのだが。

ええと。何だっけ。

そうだ、温泉。いや、違う。温泉じゃない。

このあったかいのは、体の外からだけではない。中からもきている。

覚えがある。

これは………。

「ア……レシュさま……？」

重たい瞼《まぶた》と共に、声帯を震わせて声をひねり出す。久しぶりに喋《しゃべ》ったみたいに、嗄《かす》れた声が出た。眩《まぶ》しさだけでなくかすむ視界の中、覚えのあるアメジストが見えた。

「やっと目を覚ましたか……。全く……」

耳に入る声も聞き覚えがあるあの低い声。さらに艶《つや》を足された声に、誠一郎の意識が下に行く。

「あ……んんっ」

視線を下げれば、案の定、裸の体が重なっており、体内で熱が動いた。

「ふ……ぅぅ……」

ゆっくりと、出し入れされるアレシュのモノ。

「まだ……しばらく掛かるぞ。向こう見ずの馬鹿者が」

性急ではないこの行為は、誠一郎の体を気遣ってのものだろう。それでも熱いモノに体内をなぞられ、魔力を注がれ尾骶骨《びていこつ》からゾクゾクとしたものが這い上がってくる。

「はぁ……ぁ、…アレシュさま……っ」

この行為の意味も十分に知っているし、なぜこうなっているのかも理解した。

しかしアレシュがなぜ今ここにいるのかは分からない。

「……なんだ」

「……ん、はぁ、いつ、お帰りに……ンっ」

「今朝だ。帰ってすぐに、お前が教会に行っていることを聞いて、その足で直行した。それでギリギリ間に合ったんだ」

誠一郎の意識が戻ったことで、事務的だったアレシュの動きが、ゆっくりだが誠一郎の快感を引き出すものになる。実際体を繋《つな》げるのは三度目だが、その寸前までの行為は何度も重ねただけあって、誠一郎の良い所は熟知している。

「お前は、本当に……っ、全く人の言うことを聞かないし、自分の体を顧みないな！　ちょっと目を離したらコレだ！」

「あっ、ま……っ、ぅ、ぁ……っ」

「くっ……！　その上、便りの一つも寄越さず、挙句《あげく》の果てに他の男に抱かれて倒れるなど……っ」

怒りがぶり返してきてつい乱暴になってしまうのを抑えるが、話していてまた昂《たか》ぶる感情に、アレシュは動きを止めて耐えた。

「本当に……あれがなければ、許さなかったかもしれないからな」

呟かれた言葉の意味は、熱のせいもあって分からなかったが、誠一郎はとりあえずアレシュの頬《ほお》に手を当て、見上げる。

「アレシュ様、おかえりなさい」

第六章　入院しました

「いやもう、マジびっくりッスよ、セイさんが倒れたって聞いて！」

官吏《かんり》の制服を着たノルベルトがオーバーアクション気味に腕を振る。対する誠一郎《せいいちろう》は、ベッドに上体を起こした体勢で凭《もた》れ掛かり、最近マシになっていた顔色が幾分青い。

あの教会での一件から二日が経《た》った。

間一髪《かんいっぱつ》でジーグヴォルドの結界に守られた誠一郎だったが、魔力酔《よ》いを起こし倒れた。そして、記憶はあいまいだがタイミング良く現れたアレシュに医局に連れて行かれ、治療を受け、一命を取り留め、それから三日間の入院安静を言い渡された。

あれから、アレシュには会っていない。

「それはもういいから、早く頼んでいた書類を寄越せ」

「病み上がりで良いんスか？」

「いいから」

絶対安静とは言われたものの、同じ建物内に職場があるのを良いことに、お見舞いに来たノルベルトに仕事の書類を持って来させ仕事をしていた。お見舞いと言えば、意識を取り戻してすぐにシーグヴォルドも見舞いに来た。

「申し訳ありませんでした！」

病室に入るなり頭を下げるシーグヴォルドに、誠一郎は瞠目《どうもく》した。まだ起き上がるのがつらかったので、寝たままの状態で、どうにか顔を上げてもらうように伝えてようやくシーグヴォルドは陰りのある表情ながらもその顔を上げた。

「セイイチロ殿が魔力に耐性がないことを知っていながら、危険な目に遭《あ》わせてしまいました」

消沈した様子で言われても、あの日寝不足だったのは誠一郎の問題だし、礼拝室に付いて行ったのも誠一郎の意思であり、もし行くのを止められたとしても行ったであろうことは自信をもって言える。逆にシーグヴォルドが結界を張ってくれていなかったら、魔力の固まりで確実に大《おお》怪我《けが》と魔力酔いを起こし、なまじ一命をとりとめたとしても、回復魔法をかけられ魔力酔いを悪化させていただろう。それこそ、一発で生死に関わるほどの。

「なのでシーグヴォルド様が気にすることはありませんよ。それよりも、助けていただいてありがとうございました。シーグヴォルド様の結界がなかったら、多分即死していました」

目礼するが、シーグヴォルドの様子はすぐれない。

「シーグヴォルド様？」

誠一郎の問いかけに、シーグヴォルドは意を決したように紫の瞳を誠一郎に合わせ口を開いた。

「実は…………」

δδδ

ノルベルトが来た翌日、退院前日に面会に訪れたのはアレシュの邸宅《ていたく》を仕切る執事《しつじ》、ヴァルトムであった。

「お加減はいかがですか？　コンドゥ様」

見舞い品を渡しつつ訊《き》かれ、誠一郎は恐縮して受け取り答えた。

「アレシュ様のおかげでもう回復はしているのですが、大事を取って今日までは休むようにと言われているんです」

「それはようございました。明日の帰宅の際には、アレシュ様が迎えに来ると申しておりました」

聞いて、誠一郎は少なからず驚いた。あの日、アレシュに魔力酔いの治療をしてもらい意識を取り戻したときにアレシュはもういなかった。

医局長であるシーロが肩を落とし、

「うちは連れ込み宿じゃないんだけど」

と呟《つぶや》きながら三日間の入院を言い渡してきて、事情を教えてくれた。

シーロが言うには、魔力酔いであることは明らかだが、医局の診察をきちんと受け、想定外のことが起こった場合でも対処できるようにと、アレシュは誠一郎をまず医局に運んだらしい。
道中軽く魔力補給をして馴染《なじ》ませながら。

その上で、以前騎士たちに暴行を受けた際と同じように奥の部屋でことに及んだ後、入院用ベッドに移動して誠一郎が目覚める前に帰った。すぐにまた来るであろうと思っていた誠一郎は、拍子抜けしつつも遠征《えんせい》後だから仕事が忙しいのだろうと自分を納得させた。

しかし、それは自分に都合の良い解釈であるのではないかとも思っていた。

それゆえにアレシュが明日迎えに来ると聞いて、一瞬ホッとした誠一郎にヴァルトムは続けて伝えた。

「アレシュ様が魔力枯渇《こかつ》で、寝込まれている……？」

「正確には、魔力枯渇で魔力回復薬を飲み過ぎて体調を崩されている、ですね」

アレシュの魔力は生まれつき多い。

しかし浄化《じょうか》遠征の後の魔獣退治を長期に渡って行って帰って来たばかりの状態で、誠一郎への魔力供給作業はかなりの負担であった。その上、魔力回復薬は体内の魔力を循環させ増幅させる薬のため、服用者への負担が大きく一度に大量の摂取は勧められていない。それゆえに、アレシュは薬の飲み過ぎで自宅で寝込んでいたらしい。

（そういうことか……）

おかしいと思ったのだ。

見舞いという名の説教をしに来ないのもだが、何よりも誠一郎を医局へ預けることが。常時のアレシュであれば、自宅へ連れ帰り近くで目を光らせているはずだ。

（そんなことを自信を持って言うのもなんだが……）

「コンドゥ様」

アレシュの身を案じつつも、どこかホッとしている自分から目を背《そむ》けるように論理的に考えていると、ヴァルトムの静かな声で呼ばれた。

「わたくしは坊ちゃま……アレシュ様のことを幼少より存じ上げ、お世話をさせていただいております。ご実家を出られる際にもお声を掛けていただき、家令の身で身の程知らずではありますが、親心のようなものも抱いております」

控えめに言われているが、アレシュもヴァルトムには頭が上がらないことは一目瞭然《りょうぜん》で、誠一郎から見ても家令を超えた存在であることは分かった。

「ですのでコンドゥ様。わたくしは坊ちゃまのお体を守ることを第一に考えております」

ヴァルトムが伏せていた顔を上げ、視線を合わせる。初めて見る強い視線に、誠一郎の背筋は自然と伸びた。

「坊ちゃまの御心に沿わないことは重々承知で申し上げております。処分は覚悟でございます。それでもわたくしは、ぼっちゃまのお体が最も重要でございます」

「はい……」

当然だ。

アレシュの親を見たことはないが、貴族とあっては両親よりも使用人の方が子どもの世話をすることが多いであろう。ヴァルトムは心からアレシュに仕えているので、その想いも親以上かもしれない。

「コンドゥ様と出会われてから、坊ちゃまは今までの無気力さを捨て、わたくしが見たこともないほどに生き生きとなさっておりました。そしてあの坊ちゃまが恋をなされたことは、わたくしにとっても喜びであり、坊ちゃまのなさりたいことを見守りたい所存でございました」

ヴァルトムが誠一郎をどう見ていたかを初めて聞き、必要以上に緊張してしまう。ずっと屋敷の人間が自分をどう見ているのか聞いてみたかったが、怖くて聞けなかった。

「坊ちゃまに生きる活力を与えてくださったコンドゥ様は、わたくしにとっても救世主でございました」

そんな大層なものではないと思うのだが、アレシュが誠一郎の世話を焼いて駆けまわっているときからヴァルトムは感動していたらしい。

「ですが」

ヴァルトムの瞳が再び剣呑《けんのん》な色を帯びた。

「それは坊ちゃまの健康あってのことでございます。坊ちゃまの御心も大事にしとうございますが、老婆心《ろうばしん》ながら申し上げますと、まずはお体を大事にしていただきたい。これは年寄りゆえの考えかもしれませんが」

「いえ……」

ヴァルトムの言い分はもっともだ。親心があればそう思うのは当然だろう。

アレシュはこの世界の人間で、魔力量も多く、剣の腕もあり、騎士団長という地位にいて誠一郎にとっては最も強い存在であった。それゆえに、頼りすぎてしまっていた。

アレシュだって人間で、魔力にも体力にも限度がある。

遠征からそのまま魔獣討伐《とうばつ》に出たと聞いたときは、誠一郎もそれを心配していたはずなのに、なぜ自分が弱ったときに助けてもらえるのは当然と思ってしまったのだろう。

「すみません……不徳の致すところです」

仕事のこととなると自分の体のことを蔑《ないがし》ろにして強行する癖《くせ》がある自覚はあったが、今はそれにアレシュの体も付随《ふずい》するのだと初めて自覚した。魔獣討伐の件も然《しか》り、アレシュの体を窮地《きゅうち》に追い込むのは、他でもない自分なのだ。

「わたくしへの謝罪は必要ございません。魔獣討伐のことは、坊ちゃまがコンドゥ様に良い所を見せたかったという独断ですし」

ヴァルトムが片眼を瞑《つむ》り少しだけ笑った。

「ですが、わたくしは坊ちゃまのお体を守りとうございます。そのためには、坊ちゃまに恨《うら》まれても良いと思っております」

それは親ならば当然抱く気持ちだ。誠一郎は、こんなときではあるが無条件に体を気遣《きづか》ってくれる存在がいるアレシュを少し羨《うらや》ましく思った。誠一郎には、この世界に親という無条件で絶対的な味方はいない。

だが。

「コンドゥ様がお体を崩されて困る人間がいるということだけ、胸に刻んでおいてください」

一人だけ、無条件で絶対的な味方がいたことを思い出さされた。

退院当日、朝起きて出される魔素の少ない食事を食べ、医局を出る準備をする。と言っても、職場内であるしミランが用意してくれた着替えとノルベルトに持って来させた仕事の書類くらいしかないのですぐに終わった。

「どう？　体の方は」

真っ白な白衣を羽織った王宮医局長であるシーロが、ベッドに腰かけて迎えを待っている誠一郎に軽い調子で話しかけてきた。

「おかげさまで良いです。ゆっくり休めましたし」

「いや部下に書類持って来させて仕事してたでしょ」

「ほとんどしていませんよ」

それより、と入院費用の件をシーロに聞くと、官吏なのだからいらないと言われた。王宮勤めの恩恵がこんな所に、と福利厚生の厚さに改めて感動した。

そしてシーロと話し始めて間もなく、予定よりも早くアレシュは病室を訪れた。

「大分顔色が良いな」

入ってくるなりそう言って、シーロには目もくれず誠一郎の頬《ほお》を指の背で撫《な》でるので、されるがままになりつつアレシュの顔色も見る。常時と変わらなく見えて、ヴァルトムから聞いていなければ、寝込んでいたことも知らないままだったと思う。わざわざ誠一郎を入院させて、自分は自宅で寝込んでいたということは、その事実を知られたくなかったということだ。ヴァルトムはそれを承知で誠一郎に告げ、処分も覚悟しているのだろうが、誠一郎だってそれほど野暮《やぼ》でも莫迦《ばか》でもない。知られたくないことは、知らないふりをするのが大人である。

「ご心配をおかけしました」

「全くだ」

不遜《ふそん》に返答しつつも、普段の説教をここでする気はないらしく、ただ誠一郎の顔を撫でる。

思えば死にかけ、治療から二日ぶりの再会だ。気が気じゃなかったのだろう。

アレシュの隠そうともしない気持ちが触れた肌から伝わってくるようで、柄にもなく顔に熱が集まるのが自分でも分かった。

「……？　熱いな、まだ熱があるのか？」

「……いえ、大丈夫です」

「そこ、イチャイチャするのは帰ってからにしてよ。医局はそういう場所じゃないって何回言わせるかな」

アレシュの後ろで放置されていたシーロの声に我に返り、アレシュの手を避《よ》けシーロに礼を言う。

「シーロ医局長、大変お世話になりました」

「もう無茶はやめるんだよ」

「はい」

「本当に分かっているのか？」

即答した誠一郎をアレシュが胡乱《うろん》げに見て来るが、想像していたよりもずっと機嫌が良い。昏睡《こんすい》状態だった所から考えると、元気になったならと怒濤《どとう》の説教も覚悟していたのだが。

「あ、コンドゥもう帰るの～？」

アレシュの謎《なぞ》の機嫌の良さに内心首をひねりつつも、説教はないに越したことはないと思い直していたら、ノックもなく病室のドアが開いた。扉の向こうから現れたのは、宮廷魔導課のイストと……。

「シグマくん!?」

「お、おはようございます」

何と下町の木工見習のシグマであった。

「何で二人が一緒に……？」

そもそも知り合いだったか？　と記憶を辿《たど》るが、教会で自分がシーグヴォルドと話しているときに視界の端で話していた気がする。しかしその程度のはずだ。

「誰だ？」とアレシュに耳元で訊かれ、「算盤《そろばん》を作ってくれた子です」と小さく答えた。シグマが、誠一郎の横の体格の良い黒衣の男を気にしながらも、おずおずと口を開く。

「あ、えっと、それはイストさんが魔導課を見に来ないかって誘ってくれて……」

「え!?」

「教会で会ったときに、魔導具の話で盛り上がっちゃって……オレ、木工も好きだけど魔導具にずっと憧《あこが》れてたんだ。でも魔力少ないし、そもそも魔導具製作はすっげえお金がかかるから、魔導具に関われるのなんて、貴族様に召し抱えられるくらいの技術者くらいで、一生縁がないと思ってたんだけど、イストさんが一緒に作らないかっていってくれて……」

「え!?」

誠一郎は口をあんぐりと開けてしばし呆然《ぼうぜん》とした。

シグマの独創性には気付いていた。物づくりが好きなことも、向上心もあることも。だからこそ、私塾《しじゅく》で勉強させて国の支援で学校に通わせ、ゆくゆくは王宮の何かしらの課に……できれば経理課に来てくれると嬉《うれ》しいと思っていた。まさかイストに先を越されるとは思ってなかった。トンビに油揚げとはこのことかと、明確な恨みを持ってイストに物申そうと視線を向けたが、当のイストは誠一郎のうろたえようになど全く興味がないようで、眠そうな瞳を開いてキラキラとさせていた。

「コンドゥ、すごいのできたよ！　シグマのアイデアで作ってまだ試作品なんだけどさ」

「イストさん、あなた……」

「これで何と魔力が測れちゃうんだ！」

「詳しく聞きましょう」

「オイ」

圧倒的手のひら返しでイストの方へずいと歩み寄ろうとして、がっしりと頭を摑《つか》まれた。

「お前は、今の今まで医局に入院していて、今日退院するんだぞ。何をこれから仕事に向かう意欲を出している。帰るぞ」

「え……いや、でも……」

「帰るぞ」

「…………はい」

さすがに再び死にかけたのを助けてもらっておいて、ここで駄々《だだ》を捏《こ》ねるわけにもいかない。

「イストさん、後で書面で……ああ、無理だ」

イストに書類作成など不可能だ。仮に書けたとしても、抽象的な表現ばかりの本人にしか分からない物ができ上がるに違いないことは明白だ。

「あ、簡単に仕組みと掛かった材料を書き出してきていますよ」

ペラリと三枚程度の紙が差し出され、誠一郎は目を見開いた。

「シグマくん君は最高だ！」

思わず書類ごとシグマを抱きしめた。

「え、いや別に、いつも親方の所で物づくりの費用を出してるの見てたし、露店に出す物の値段とか決めるのにも必要だったから、普通に付けてただけだけど……」

何という優秀さ。素晴らしい。やはり彼は経理課に欲しい。……いや、魔導課に彼みたいな子がいてくれると、誠一郎の仕事も非常に助かる。しかし優秀な子は傍《そば》で育ててみたいし……

シグマを抱きしめたまま、ぐぬぬと悩み始めた誠一郎だったが、再びのアレシュのアイアンクローに我に返る。

「お前……さっき俺が言った言葉を覚えているか？」

「はい、もちろんです。帰ります。シグマくんはこれから私塾、学校に通う身なのですぐに就職とはならないでしょうしアイタタタ、アレシュ様、絞《し》まってます、はい。違いますよね。書類は持って帰って家でゆっくり見ますイタタ、あれ、これも違いましたか？」

どう見ても誠一郎が悪いので、シーロは止めなかったし、シグマも戸惑《とまど》いつつも眺《なが》めていたし、イストはもう別のことを考えていて見てもいなかった。そこにタイミング悪く、誠一郎の退院祝いに訪れたシーグヴォルドが部屋に入ってきた。

「病み上がりのセイイチロ殿に何を!?」

いきなりこの場面だけを見たら、病み上がりで虚弱《きょじゃく》な誠一郎が体格の良い騎士のアレシュに一方的に暴力を振るわれているようにしか見えない。シーグヴォルドは慌《あわ》ててアレシュから誠一郎を救おうとした。が、一介の司祭に対し戦場をくぐり抜けてきた騎士が後れを取る訳もなく、シーグヴォルドの手は払われ、誠一郎はアレシュの腕の中に収まることとなった。

「すみませんシーグヴォルド様、お騒がせしました。何でもないので気にしないでください。アレシュ様、私が悪かったので離してもらえませんか……ぐえ」

なぜか離す前にいっそう力強く抱きしめられ、朝ごはんが胃から出るかと思った。アレシュの腕の拘束《こうそく》が解け、改めて目の前の白と黒の美丈夫《びじょうふ》を見比べる。

(なるほど、確かに目の色だけじゃなく体格や雰囲気も似ているな……)

おそらく二人の身長は同じくらいだ。顔付きは違うのだが、遠目に見るとやはり兄弟か親戚《しんせき》、近しい者に見える。しかしアレシュの態度もシーグヴォルドの態度も、とても兄弟には見えない。

(侯爵家《こうしゃくけ》で私生児とかありえるのか？　……あるか、王家にもいるもんな)

「セイイチロ殿、お体の具合はもうよろしいのですか？」

アレシュとの睨《にら》み合いに決着はつかぬまま、シーグヴォルドの紫の瞳が誠一郎に移された。

「はい、それは最初にお見舞いに来ていただいたときにも言いました通り。三日の入院は休養のようなものでしたので……」

「そうですね………」

シーグヴォルドが誠一郎を見て、チラリとアレシュを見た。先ほどまでの剣呑なものではなく、窺《うかが》うような視線だ。そうしてもう一度誠一郎を見て、なぜか顔を赤くして視線を逸《そ》らす。

「？　シーグヴォルド様、私に何か……？」

「……いえ、何でもありません。それよりも、先日もお話しした件で力になれることがあったら、何でも言ってください」

それだけ言い終わると、シーグヴォルドは礼をして退室していった。

「先日話した件とは何だ？」

憮然《ぶぜん》としたアレシュに訊かれ、誠一郎は首を振った。

「帰ってから、お話しします」

あの日、意識を取り戻したばかりの誠一郎の元へやって来て謝罪した後、シーグヴォルドが項垂《うなだ》れながら語った内容。それは――。

δδδ

「それなんですが、魔力の固まりがこちらに飛んできたのも……ただの事故ではないのです」

シーグヴォルドはアレシュが誠一郎を連れ去った後、王子殿下に事情を訊かれたという。

そのとき、同席していた宮廷魔導課副管理官のイストと誠一郎が連れてきた下町の子どもが妙なことを言った。

『祈りの作法と呪文《じゅもん》が、以前と変わっていた』

誠一郎との会話でシーグヴォルドは祈りを見ていなかったし、普段の救済院の子ども達の世話も司祭であるシーグヴォルドには回ってこないので、祈りの場にも最近は同行していない。

今回行われたのがどういった作法と呪文であったかと尋ねると、驚くことにイストはその一語一句、一挙手一投足を記憶しており、シーグヴォルドに伝えた。その内容は、シーグヴォルドの知る『祈り』とは違い、魔力を必要以上に使うもので、その上シプリアノが魔力暴走を起こした子の魔力を、意図的に暴発……いや、誠一郎を狙《ねら》って放出させたことも判明したのだ。

話を聞かされ、横領《おうりょう》がバレそうだからと、よもやこんなにあからさまな行動に打って出るとは思ってもいなかった誠一郎は、ゾッとした。イストが偶然来ていなければ、ことはただの子どもの魔力暴走で片付けられていた可能性が高い。

司祭であるシーグヴォルドはこの件に関して、どんな場であってもしっかりと証言すると約束してくれた。

誠一郎の教会への出向は、入院中に提出された収支報告書によって終わったが。

「おかえりなさいませ、アレシュ様、コンドゥ様」

アレシュと共に三日ぶりの帰宅を果たした誠一郎は、玄関でヴァルトムとミラン、コックのパヴェル三人の出迎えを受けた。

正確には主人のアレシュの出迎えだろうが、三日ぶりに会うパヴェルはかなり心配していたらしく半泣きで迎えられ、「俺がコンドゥさんを健康にするんだ!」と意思表明をされた。

ヴァルトムとはあれ以来の再会で、特にアレシュと一緒の姿を見られることに少し緊張したが、熟練の執事は誠一郎と目が合うと何もかも熟知しているように目を微笑《ほほえ》ませ、礼をした。

何を、どこまで察しているのかいっそ恐ろしくなったが、グッと堪《こら》えた。

まだ午前中だが、今日まで仕事は休むように言われているので、書類でも片付けるかと執務机を整理していたら、アレシュがやって来た。アレシュの方も、今日まで休暇《きゅうか》をとっているらしい。

「セイイチロウ、こっちに来い」

ソファに呼ばれ大人しく従う。ミランがタイミングよくお茶を持ってきて、パヴェル特製らしい魔素《まそ》の少ない焼き菓子も添えられた。パヴェルのおかげで、嗜好品《しこうひん》にも少し手を出せるようになった。ミランが下がると、アレシュは誠一郎の顔を覗《のぞ》き込《こ》み、確かめるように輪郭《りんかく》をなぞる。

「少し痩《や》せたな」

「そうですか？」

食事はちゃんと三食摂《と》っていた。……いや、この三日の話ではなく、アレシュの遠征前からも入れるのならば少しおろそかにしていたかもしれないが。

そこでふと気が付く。そうだ、意識がはっきりした状態でアレシュと向き合うのは、遠征前以来なのだった。誠一郎もアレシュの顔をじっと見る。相変わらず作り物のように整った顔だが、微《かす》かに頬のシャープさが増した気がする。

「アレシュ様こそ、お痩せになられました？」

「遠征が続くと多少はそうなる。お前は元が痩せているのだから、体のためにもっと気を遣え」

腰のラインを撫でられ、自分でも骨の浮きを感じてしまう。アレシュの逞《たくま》しさとは隔たりがある。騎士だけあって、アレシュの体はしっかりと筋肉に覆《おお》われている。顔だけ見たらどこのモデルか王子様かって感じなのに、脱いだら確実に武の人間だ。

吸い込まれそうな紫の瞳。

ノルベルトやユーリウスのキラキラと輝く碧《あお》とは違う。

シーグヴォルドの凪《な》いだ海のような深みとも違う。

（よく見ると、やっぱり似てないか……）

なんとなくシーグヴォルドを思い出し、教会のことに思いを馳《は》せる。

教会の収支報告書は正式に受理したし、その内容の精査と査察も大体終了している。誠一郎が教会ですべき仕事は、もうない。

教会主催の私塾の件は、優愛《ゆあ》とユーリウスが張り切っているので彼女らを中心に置いた方がおそらく盛り上がるだろうから、誠一郎は裏方に徹することになるだろう。収支についても書類をカミルに提出して報告すれば終わりだ。ほぼ権力など持っていない誠一郎の出る幕などない。

だが、何だろうこの違和感は。

司教と経理担当者が出張で足止めを食らったことではなく。

その後しばらくあからさまな不備の書類を提出され、さらに期間が延びたことでもなく。

怪我をさせられそうになったからでもなく。

何かが引っ掛かる。

「セイイチロウ」

アレシュの声に、ハッと我に返ると、眉間《みけん》に皺《しわ》を寄せた顔で見られていた。ああ、この顔は……。

「大丈夫です。どこも悪くありません」

「本当だろうな？　お前はすぐ嘘《うそ》を吐《つ》くからな」

そう言いつつ、眉間の皺が減るアレシュに、誠一郎は何とも言えない気持ちになる。

「はい、本当に三日間じっくり休みましたから。私よりもアレシュ様こそ、遠征の後に討伐に行ってお疲れが取れないのではないですか？」

「それはもう大丈夫だ。……心配をかけたな」

「？　はい」

アレシュが浄化遠征からそのまま魔獣討伐に出たことについて、心配はしていたが、それを伝えただろうか、と思いながらも否《いな》はないので頷《うなず》いておいた。

「あの、アレシュ様……」

「何だ」

いざ面と向かって言うのは憚《はばか》られるが、誠一郎は意を決して口を開いた。

「何か、望みはありますか？」

「は？」

何言ってんだこいつ？　という顔をするアレシュに、誠一郎は一つ咳払《せきばら》いして、努めて冷静な顔で繰り返した。

「私にできることで……ですが、何か、してほしいことや欲しい物はありませんか？」

なぜそんなことを言い出すのかと怪訝《けげん》な顔を隠そうともしないアレシュを相手に、誠一郎は一度視線を外してからもう一度言い募《つの》る。

「いえ、また命を助けていただいたのでお礼がしたいのです。ですがアレシュ様は金銭などをお受け取りくださらないでしょう？」

「当たり前だ」

そもそもアレシュの方がよっぽど高給取りだしお金を持っている。以前は誠一郎に怪我をさせた騎士たちから巻き上げたお金をそっくりそのまま治療費にと渡されたので、受け取らざるを得なかったが、今のこの関係で受け取る訳がない。生活費だってヴァルトムに仲裁に入ってもらって何とか国からの支援金を受け取ってもらえているくらいだ。

「だから何か別に、私にできることでお支払いしたいと思いまして」

「体で払うとかお前…………」

呆《あき》れたように零《こぼ》したアレシュだったが、ふと言葉が止まる。これは何かあるな、と誠一郎は攻撃の手を緩めるのを止《や》める。

「なんでも言ってください。アレシュ様は命の恩人なのですから、多少の無理は聞けます」

珍しくもソファで誠一郎の方がアレシュに迫る構図ができてしまった。ソファのへりまで追い詰められたアレシュは、唇を真一文字に結んで視線を斜め下に向けて葛藤《かっとう》している。よっぽど難しいか、言いにくいことか。まず誠一郎の体や仕事について制約を設けようとしてくるかとも思っていたが、どうやら違うらしい。その場合の躱《かわ》し方を考えていたのだが、無駄《むだ》だったらしい。

次に思い付くことと言えば、アレ系だろうか……。しかし普段から奉仕することを申し出てもあまり喜ばないアレシュだ。むしろイチャイチャするのを求めて来るので、恥ずかしいし非効率なので拒否することが多かった。それだろうか。色々と想像している間に、アレシュの覚悟が決まったらしい。

「なんでも……だな？」

「なんでも、です」

　仕事するなと死ね以外なら。

「じゃあ……喋《しゃべ》り方を改めろ」

「は？」

　一瞬、何を言われたか分からず間抜けな声が出た。頭の中で反芻《はんすう》する。

　やっぱり分からない。

「え？　私の言葉何か失礼でした？　こちらでは言わない言葉とか言ってましたかね？」

　社会人として八年、敬語はそれなりに身につけたつもりだったのだが、何か不備があったか。もしくは、異世界では意味が違うスラングとかを言ってしまっていたのか。そう思って尋ねるも、アレシュは憮然とした表情で首を振った。

「違う、そうじゃない。俺に対する喋り方を、改めろと言っているんだ」

「ですから、どう改めるのですか。どこが失礼に当たりましたか？」

「そうじゃなくて……俺にも、あの子どもに話すみたいに喋れと言っているんだ」

「は？」

　今度こそ、思い切り怪訝な声を出してしまった。

　アレシュをじっと見るが、本人も気まずそうに目を逸らしている。

　子ども？　子どもと言ったか。最近アレシュと共に会った子どもと言えば、シグマしか思いつかない。シグマへの話し方？

「ええと……シグマくんのことを仰《おつしや》っているなら、あの子は下町の子というか、露店の店側と客という立場で、アレシュ様とは立場が全然違うので……」

「だからなんだ。あんな子どもよりも、俺の方がお前に近い立場だろう」

シグマとアレシュのどちらが誠一郎に近いかと言われれば、もちろんアレシュだが、立場というか地位的なことで言うならシグマだ。アレシュは貴族で、騎士団長なのだから。なんと答えればよいか分からず、アレシュを見る。

つまりはえっと……この彫刻のように美しい顔をした、貴族で、国一番強い騎士は、十歳ちょっとの下町の子に妬《や》いた、と……。

「う……胸が痛い…………」

「!?　どこだ!?　どう痛む、見せてみろ！」

突然胸を押さえてうずくまる誠一郎に、アレシュが顔を上げて誠一郎の肩を掴む。

「違います……ちょっと……久しぶりにきゅうっと来ただけで、病気とかじゃないです」

まさかこの騎士団長様が、子どもと張り合おうとするとは思わなかった。

見上げれば、訝《いぶか》しげながらも心配そうな美形が、こちらを見ている。どこからどう見ても、美しくクールな大人の男が。

（これは…………参った）

第七章　追い詰めました

「それじゃあ、よろしくお願いしますね」

返事はなかったが、いつものことなので誠一郎《せいいちろう》も返事を待つことなく、そのまま扉を閉めて踵《きびす》を返し、別棟の端にある自分の部署へと向かった。

教会へ出向し始めてから実にひと月が経《た》った。入院という形で最後を迎えたが、ようやく仕事を終え自分の職場に戻れるとあって、誠一郎は懐《なつ》かしさすら感じ……ることは全くなかった。あちらが休みのたびに出勤していたし、先日まで入院していた医局も王宮内なので、むしろ見飽きたくらいである。

それでも、経理課の扉を開けてすぐに、

「おかえりなさい、セイさん！」

と、ノルベルト始め経理課の面々に笑顔で迎えられたときに、ホッとしたのは内緒だ。

ともかく心置きなく自分の業務に集中できるのはありがたい。休みの日のたびに訪れてはいたが、入院もあって前回来たのは六日も前なので、それなりに仕事は溜《た》まっていた。午前中は魔導課に行っていたせいもあり、後れを取り戻すためにも誠一郎は仕事に没頭《ぼっとう》した。没頭し過ぎて、昼休憩《きゅうけい》になっても気付かなかった。そうなると久しく見ていなかった『お約束』が経理課にやって来た。

「セイイチロウ！　火の時間はとっくに始まっているぞ！　昼食はどうした、早くしろ」

低く良く通る声と乱暴な足音を立てて黒い騎士が、経理課の扉を開け放した。

昼食を既に終えてダラダラしていた数名と、誠一郎のキリが付くのをブーブー言いながら待っていたノルベルトと、仕事に集中していた誠一郎の視線が彼一人に向けられた。全ての視線をものともせず、アレシュはただ一人、誠一郎だけを見据《みす》えてズンズンと歩みを進め、経理課副管理官の誠一郎の机の前に仁王立《におうだ》ちした。立派な体躯《たいく》と相まって、ものすごい威圧感だった。

「セイイチロウ、昼の鐘《かね》は聴こえていたな？　それで、何をしている」

ここで「集中していて聞こえませんでした」と嘯《うそぶ》いた所で、彼の機嫌を損ねるだけだと即座に察した誠一郎は、「聴こえていましたけどキリが悪かったので」と答えた。どちらも変わらない。

「食事はきちんと取れとあれほど言っただろう。それに、俺もお前も王宮勤務の際は食堂でという約束だろう」

そんな約束をしたかなと思ったが、実際誠一郎が教会に出向する前はそれが日課だった。久しぶりの通常業務に夢中になっていたのか、それともこっそり休日出勤をしていた癖《くせ》が出たのかもしれない。とりあえず、逆らっても何も良いことがないのだけは確かなので、誠一郎は書類を束ねて立ち上がった。

「すみません、久しぶりで仕事に集中しすぎていました。行きましょう、アレシュさん」

昨日、長い協議の結果、ひとまずの妥協案《だきょうあん》として名前の敬称だけは変更することになった。

アレシュは誠一郎の呼びかけに、フンと興味がなさそうに踵を返し、付いてくるのが当然というように歩き出したが、誠一郎には分かった。かなり機嫌が回復したと。

「じゃ、じゃあ俺は外にでもご飯食べに行くっスかね～」

「何言ってるんだ、お前も来い」

そそくさと逃げようとするノルベルトの首根っこを摑《つか》んで誠一郎はアレシュに続いた。

そして。

「私もご一緒してよいかね？」

食堂でアレシュに相変わらず指示されながら料理を取り、衆人環視のもと席に着いたと思ったら、アレシュと同じくこんな所にいるはずのない人物の声がした。

見上げた先には、ローズブロンドに青いマント。

ロマーニ王国法務最高権力者のカミル＝カルヴァダが笑みを浮かべていた。

「あああまたこのパターン……」

ノルベルトだけが、そんなことを呟《つぶや》いているのが聞こえたが、どうせお前はそう言って今日もその大盛りのおかずを残さず食べるのだろうと誠一郎は無視した。

「もう体は良いのかね、セーイチロー」

「はい、おかげさまで」

侍従が取ってきた料理を当然のように口に運びながら問うてくるカミルに、誠一郎も諦《あきら》めて返事をした。昼休憩も半分以上過ぎていたこともあり、人はまばらだ。いや、そのまばらな人も結界でも張ってあるのかってくらい遠巻きにしていて、半径五メートルは無人だ。

「教会からの収支報告書に不備はなかったようだな」

「はい。……報告書としましては」

誠一郎が入院してすぐに提出された収支報告書は、報告書の規定は守られていた。

「君が以前言っていた件の報告書も受け取った。ご苦労だったね」

誠一郎が疑問に思った、寄付金の総額と教会の掛かっているであろう運営費と合わせた資料は既に作成し提出していた。

「いえ、それが仕事ですので」

そう、誠一郎に任せられていた仕事はここまでだ。

「ようやく瘴気《しょうき》も抑えられ、落ち着きたいところだが私も、これを放っておく訳にはいかないのが現状だ。あと魔力がどうのと言っていたね？　その件も使えるのだろう？」

カミルの言葉が、誠一郎に教会に首輪をつけるのを手伝えと言っているのは分かった。しかし誠一郎はただの経理課副管理官。金勘定《かねかんじょう》しかできない公人である。

「勘弁《かんべん》してください。宗教法人は色々と扱いが難しいじゃないですか。政治的なあれこれを私に求められても困ります」

管轄《かんかつ》が違う、と肩をすくめて見せた。

誠一郎ができるのはせいぜい金勘定のみだ。宗教と政治に手出し口出しなんて、できる訳がない。

カミルがおやというように、片眉を上げるが、しがない経理の誠一郎にできることには限度がある。

「礼拝帳に載っていた貴族で寄付をしていないとされる方への確認と去年の経理課の資料と照らし合わせて具体的数字にしてまとめた物を作成しましたので、あとで提出いたします。せっかくの寄付金を少なく見積もられたり、名前を消されていた貴族の方はさぞかしお嘆《なげ》きだと思いますので、そちらのお話は法務部でお願いできますか？」

　カミルの口角が上がった。

「それから、特別礼拝による魔力の件ですが現在魔導課で結界に必要な魔力と合わせ、数値化できる装置を作成中ですので、近日中に作成して提出いたします。また、魔力を使う道具の使用を多く行っている業者への確認も遂行中ですので、こちらも形になり次第お渡しできるはずです」

　今朝魔導課に寄った際には、魔力測定器はほぼ形になっていた。もちろんこれから色々と改良の余地はあるだろうが、とりあえずは数値化できるという事実と目に見える結果が必要だ。測定の数値の単位についてはもっと細かくするようにお願いしたが。

　王都の結界についてはノルベルトにも協力させてイストによって大体の仕組みは理解した。イストは魔力感知能力に大変優れており、以前から頼まれてもいないのに勝手に王都の結界についても研究していたおかげで、解析は早かった。

「ああ、良いよ。本当に素晴らしいね、セーイチロー。そこの黒い獣《けもの》に飽《あ》きたら、ぜひ声を掛けてくれ」

　クツクツと笑うカミルに、遠巻きにしていて声は聴こえていないが様子を窺《うかが》っていた官吏《かんり》達がザワつく。声が聞こえる位置にいるノルベルトなんて、目玉がこぼれそうに見開き、カミルと誠一郎、そしてどす黒いオーラを立ち昇らせる黒い獣を忙《せわ》しなく見比べている。

「お戯《たわむ》れを」

誠一郎もどこで何を言い出すんだこの人はと内心冷や汗を垂《た》らしながらも流そうとするが、カミルの青灰色の瞳が思いのほか真剣で、ひたと誠一郎を捉《とら》えていて息を飲んだ。

「お前の冷静さと仕事へ距離を置く姿勢を私は気に入っているから思うのだが、今回はとても乗っているね？」

心の奥を見透かすように言われた言葉に、さすがに国を預かるトップの政治家だと誠一郎は恐いと思うと同時に、その慧眼《けいがん》に素直に尊敬の念を抱いた。腹の探り合いでは右に出る者はいないであろう。

教会査察の一件は、誠一郎としては一歩距離を置いた案件だった。

瘴気対策や結界計画、帰還魔法の研究と違い、誠一郎本人の事情にさほど関わっていないこともあり、王宮内で第三騎士団にばかり肩入れして見えないための仕事くらいしか利点はなかった。国の予算が精査されて増えるのは良いことだが、誠一郎はそこまでこの国の発展を願っているわけではない。あくまでもいずれは帰る故郷は別にあり、仕事としてこなすだけだ。

しかし。

「そうですね、私もさすがに意図的に命を狙われたとあっては、徹底的にやり遂げたい気持ちになります」

シプリアノは、明確に誠一郎を殺そうとしていた。

その理由を知り、報復する権利が自分にはある。

そのためには、教会の内情は全て白日《はくじつ》の下にさらす必要があった。

「…………どういうことだ。詳しく聞かせろ」

「あ」

誠一郎は冷静な態度のまま怒っていたのだ。

だからカミルと話している内に、抑えつけていた感情が高ぶってきて口が滑《すべ》ってしまった。

社交界では氷の貴公子。宮廷の官吏や騎士達の間では黒い獣と呼ばれたロマーニ王国最強の騎士が、その場にいるのを失念して。

δδδ

一週間ぶりに誠一郎が一人で教会を訪れると、毎回しかめっ面で出迎えてくれていたセリオが、誠一郎を見つけて目を丸くした。

「お、お前なんで……!?　もう来ないはずじゃ……！」

「査察は終わりましたけど、私塾《しじゅく》をここでやると言ったじゃないですか」

当然のように答えたが、目を瞬《しばたた》かすだけなので、セリオの返答を待たずに救済院に向かっていたら慌《あわ》てて付いて来た。

「勝手に入るな！　ちゃんと許可を取れよ！」

「誰にですか？　司教様なら私塾の許可はいただいていますよ」

さりげなく私塾の許可を、今日の許可にすげ替えてやりすごそうとしてみたら、セリオは案の定ぐっと詰まった。

「…………なんだよ……元気じゃんか……」

「なんです？」

うつむいて何か呟いたように聞こえたので聞き返すと、何でもないと「いーっ」とされた。

子どもか。

「とにかく！　シーグヴォルド様に訊《き》いてからじゃないと！」

立ちはだかるセリオに、誠一郎も素直に従い、シーグヴォルドの部屋へ向かうことにした。

「あれ……？」

近付くと、シーグヴォルドの部屋の近くで線の細い修道士が立っていた。

「どうしたんですか？」

セリオが恐る恐る聞く様子を見て既視感《きしかん》を感じたと思ったら、以前セリオに救済院の仕事を押し付けた貴族出らしき青年だった。セリオの問いにフンと顎《あご》を反らせて、わざわざ見下す仕草をする。

「シーグヴォルド様は今来客中だ。小間使いとオマケの異世界人ごときが軽々しくお会いになれる方じゃないんだよ」

この間までシーグヴォルドの方から誠一郎に付きまとうと言っても過言じゃない様子だったことを見ていなかったのだろうか。その上誠一郎は異世界人だが現在王宮管理の役職付きに違いないので、地位的には問題ないと思うのだが、この修道士はことさら貴族かどうかにこだわるらしい。しかし誠一郎が口を開くよりも早く、前に出た若草頭がいた。

「教会内では血筋や生まれを盾にとって差別することは禁止されています！」

「なんだと……」

そんな規則があったのかと感心しつつ、セリオの思わぬ行動に誠一郎は目を瞠《みは》った。

「それに、こいつ……この人は、身寄りのない子どもや庶民《しょみん》に勉強を教えて、可能性を、広げてくれようとしてくださっているんです！　アブラーン神の教えに沿っているのは、どちらでしょうか」

「お前……誰に向かって口をきいている！」

今まで逆らったことがなかったであろう、下に見ていたセリオに諭《さと》すように反論され、青年がカッとなって手を振り上げた。これはまずいと間に誠一郎が入ろうとした所で、青年の後ろでドアが開いた。

「何の騒ぎですか」

現れたのは当然その部屋の主であるシーグヴォルドだったが、その後ろから対照的な黒い男も出てきた。

「あっ、あの騎士様は……っ！」

セリオが声を漏《も》らし、誠一郎を見る。ああ、そうだ。彼は誠一郎が倒れたとき、突然現れて奪うように連れ帰った男を見ているんだ。

「す、すみませんシーグヴォルド様、騎士団長様。こいつらが、お話し中だというのに取り次げとうるさくて……」

「ああ、いい。彼は私が呼んだんだ」

「えっ!?」

シーグヴォルドの言葉に目を瞠る暇《ひま》もなく、今度は騎士団長……アレシュがその修道士を避けるように誠一郎の傍《かたわ》らに歩を進めた。

「遅かったな」

「そうですか？」

言葉は簡潔だが、親し気な雰囲気の二人に目を白黒させているのは、この場では青年修道士とセリオだけだった。既に宮廷内ではお馴染《なじ》みとなった光景だが、初めて見る者は驚かずにはいられない。

片や最年少で第三騎士団長の任に就《つ》いた氷の貴公子。

片や聖女召喚《しょうかん》のオマケに付いてきたなんの力もない異世界人。

閉鎖された世界である教会では、その認識のままだった。

「セリオ、『祈りの間』に向かう。子ども達を呼んできなさい」

「は、はいっ！」

シーグヴォルドの声掛けに、セリオは誠一郎達を気にしながらも慌てて駆け出しそうになり、思いとどまり早足で救済院に向かった。

「セイイチロ殿、お久しぶりです。今日は顔色も良いですね」

「おかげさまで」

「お前の顔色が良いのは、俺のおかげだろう」

「アレシュさん、そういう話をしているんじゃないです」

分かっているだろうに口を挟むアレシュに辟易《へきえき》していると、シーグヴォルドがこちらを見ていた。

「司祭様も呆《あき》れていらっしゃいますよ」

「おい、言葉遣《づか》い」

もっと対等な言葉遣いをしろと言われたが、今は公的に近い場なので却下《きやつか》する。すると今度はシーグヴォルドの方から苦情が上がった。

「セイイチロ殿、私の呼び名も改めていただく約束です」

「え？　ああ、はいそうでしたね、シーグヴォルド様」

「…………騎士団長殿がさん付けなのですから、私に様はおかしいです」

「え？」

まぁ言われてみれば、侯爵家《こうしやくけ》で騎士団長のアレシュをさん付けして、貴族出でも一信徒として司祭をしているシーグヴォルドに様付けはおかしいか。しかしその理論を採用すると、今後侯爵家以下は全員さん付けで呼ばなくてはならなくなってしまう。

「いえ、アレシュさんは親しくしていただいているのでその……近しい間柄、友人としてお呼びしているんで」

「私は友人にはなれないのですか？」

今日のシーグヴォルドはいつもと様子が違った。大概は教会のこと、アブラーン神のことばかり話すのに、さっきから関係ない話ばかりだ。そもそも今日やることは打ち合わせ済みで、雑談している暇はないことは知っているはずなのだが。

「友人……というか、立場が違いますし……」

この教会では確かに一番話したし親しくしてもらってはいたが、果たして友人と呼べるかと言われたら、はなはだ疑問だ。あと日常的にあの狂信ぶりと使徒扱いをされるのはできれば遠慮したい。

「立場など、神の前では人は等しく平等です」

誠一郎はそうは思わないが、いかにも司祭っぽい考え方だなと思っていると、視界が塞《ふさ》がれた。

「うわ、アレシュさん、ちょっと、眼鏡《めがね》に指紋《しもん》が！」

眼鏡を掛けない人間は眼鏡を粗略に扱いすぎて困ると抗議するが、アレシュからの返答はない。

「アレシュさん？」

アレシュの手をどかせて見上げた先には、対立する紫目の男が二人。

何か見たことある構図だなと思っていたら、二人が何か言うよりも先に後ろでパタパタと足音がした。

「あっ！　近藤《こんどう》さ――ん！」

手を振り廊下を駆けて来るのは、今代の聖女である白石優愛《しらいしゆあ》である。その後ろから、以前のようにお忍びの格好をしたユーリウス、それからセリオと救済院の子ども達、シプリアノが見えた。

「子ども達と一緒にお祈りに行こうとしてたら、セリオくんとバッタリ会っちゃって！」

そのままシーグヴォルドの元へ来たのだという。

「アレシュさんもお久しぶりです！　遠征の後ぶりですね」

「…………ああ」

　ガシッ。

　アレシュの意識が優愛に逸《そ》れたのにホッとして見ていると、後から来たユーリウスに、首を掴まれそのまま廊下の隅に引きずられていく。

「何ですか急に」

「何でここにアレシュがいる」

「色々あるんです。それより何で白石さんがまだお祈りに参加しているんですか。あの後やめさせたんじゃないんですか」

　祈りの間での『お祈り』は魔力を吸収される。

　聖女の魔力は『浄化《じょうか》』のためにはなくてはならない特別な物なので、吸い取られる訳にはいかない。

「浄化が一通り終わったというのもあるが、少し気になることがあってな……。私が監視しながら様子を見ている」

「…………それはもしかしたら、結界の話ですか？」

「…………なぜお前が結界の話を……ああ、アレか」

　教会の御神体《ごしんたい》に集められた魔力は、王都を守る結界に使われる。

　王都の特別な結界の魔力提供を国民に強《し》いているという事実は、王族以下司教までしか知らされていないのだから、情報源は明白だ。

ユーリウスは意外にも眉を顰《ひそ》めることはせず、続けた。

「…………私の手の者に調べさせたが、結界に使われる魔力の中に、ユアの物はなかった」

誠一郎には分からないが魔力というエネルギーの中にも属性がいくつかあるらしい。これはイストを待っているときに他の宮廷魔導士達に教えてもらったことだ。その中でも聖女の魔力は他と違い、混ざっても綿密に調べれば分かるらしい。

「それは良い情報です。こちらでは時間が足りず、そこまで調べられていなかったので助かりました」

「…………待てお前。今私とユアを何かの計画に組み込んだな？」

「ちょうどいらっしゃるのですから、ご一緒していただいても良いじゃないですか」

「お前、私を誰だと思っているんだ。不敬だぞ。前から思っていたけど、私に対する敬意が欠片《かけら》も感じられたことがないぞ」

何だ気付いていたのか。さすがに王族ともなれば、そういうのを見分ける目が養われているらしい。誠一郎はユーリウスのことをまた一つ、見直した。今三つ目くらいだ。

「わたくしどもの国のことわざ……教訓には『立っているものは親でも使え』という言葉がありましてね」

「なんて国だ」

「私と白石さんの故郷ですけど」

「…………仕方ないな」

優愛の名前を出すと大体通るから、この王子はある意味簡単だ。

「………俺がいない間に、殿下《でんか》とも随分《ずいぶん》親しくなったようだな」

この背後で黒いオーラを放出している騎士よりは。

「それで一体、何をされるのですか？」

黙ってなりゆきを見ていたシプリアノに訊かれ、誠一郎はつい一週間前に自分を殺そうとした男に対し、にこりと笑って見せた。

「いつもの『お祈り』ですよ。シプリアノさん、よろしくお願いしますね」

誠一郎の笑顔に訝《いぶか》し気ながらも、シプリアノは救済院の子ども達に号令をかける。

「それじゃあ皆、御神体の前に並んでください」

付いて来ていたセリオと優愛がそれを手伝う様を見ながら、誠一郎の方も準備をする。

取り出した長さ三十センチ程度の筒状の魔導具を、御神体の側《そば》に置きに行こうとしたら、アレシュに無言で奪われて置かれた。

「ありがとうございます」

苦笑しながら礼を言うと、フンと小さく顔を逸らされた。まだ怒っているらしい。

「それは何ですか？」

子ども達への指示をセリオに任せたらしいシプリアノが、不思議そうに御神体の側に置かれた大きめの温度計のような物を指す。

「魔力の量を測る魔導具です。魔導課から試運転を頼まれまして」

「魔力を測る……？　神聖な祈りの間でそういった実験をされるのはちょっと……。そもそも、お祈りはアブラーン神への信仰を示すもので、心を測るような行為をされるのは教会にふさわしくありません」

シプリアノの言葉に、例の貴族出の修道士が呼んできたのか、集まっていた他の修道士達も同意を示す顔や囁《ささや》きをしていた。これだから、宗教は苦手だと思いつつも、誠一郎が答える前にタイミングを計ったように入り口から新たな人物の声がした。

「良い。許そう」

「司教様!?」

粗食《そしょく》とは縁がなさそうながっしりとした体格に白ずくめのヒラヒラとした服を纏《まと》ったマテーウスが現れたことにも目を瞠った面々だが、その言葉にも驚き、そして後ろにいる人物に気付き、体を硬直させた。宮廷に出入りする神官でなくとも、長く青いマントが意味するものは知っていた。

「我が教会には何も疚《やま》しいことなどないことを証明して見せますぞ、宰相《さいしょう》殿」

「それはありがたいです」

カミルはマテーウスの言葉に笑顔で頷《うなず》いた。

「シプリアノ」

「はい」

マテーウスの呼びかけに、短く応えて二人が視線を合わせる。カミルがマテーウスと共にドアの前を離れ、必然的に誠一郎達の側に並ぶので一歩下がる。アレシュとシーグヴォルドが並び、誠一郎をさらに後ろに追いやってきた。二人して同じような上背をして目の前に立ちはだかるので、間から覗《のぞ》き込《こ》むようになってしまう。優愛は子ども達と共に御神体の前の絨毯《じゅうたん》に膝《ひざ》をつき、ユーリウスはその横に立った。

シプリアノの号令で、祈りが捧げられる。

御神体がポウ……とその宝玉を光らせるが、前回のように魔力暴走を起こす子どももおらず、間もなくして祈りの呪文《じゅもん》は終えられた。

魔導具を取りに行こうとするのを止められ、アレシュが前に出た。昨夜も散々【結界】を張り直されたので大丈夫なのだが、過保護《かほご》である。渡された魔導具は、表示部分のメモリを半分ほど赤く染めていた。

「それで？　その魔導具で何が分かるというのだ？」

「今回のお祈りで捧げられた魔力の量です」

「魔力量が分かったからなんだというんですか。アブラーン神への祈りは、アブラーン神に捧げられたものですよ」

〝お祈り〟はあくまでもアブラーン神への信仰を示すものだと主張してくる修道士に、誠一郎は首を振った。

「いえ、お祈りで捧げられた魔力は王都を守る結界にも利用されています」

祈りによって魔力の動きがあるのは理解していても、その魔力は奉納されたものでエネルギーとして利用されているとは思っていなかった者が思いのほか多かった。そんなもったいないことをする訳がないだろうに。

ザワつく面々は放っておいて、誠一郎は続けた。

「そしてこちらが、王都結界に使われる魔力を数値化した物です」

誠一郎は魔導課から預かった王都結界に必要な魔力の数値と教会から上納されている魔力数値の資料を元に作成した書類を配った。

「ふむ……ひと月分に換算すると一致するな」

「当然でしょう。わたくし共は信徒として国民としての義務として、祈りの力を国に納めているのですから」

カミルの感想に、マテーウスがしたり顔で胸を張る。そのことを理解している国民は少ないが、あくまでも国のためにやっていると主張することにしたらしい。チラリと誠一郎に見下すような視線を向けるが、当の誠一郎は構わず別の書類を差し出す。

「……なんだ、まだ何かあるのか」

顰《しか》めっ面《つら》で受け取るマテーウスを、誠一郎はその淀《よど》んだこげ茶の瞳でひたりと捉える。

「はい、こちらは三日前からの『お祈り』時の魔力測定値です」

「「!!　!?」」

マテーウスとセリオ達教会関係者が全員ぎょっとした顔をして誠一郎を注視した。

「どういうことだ!?　計測は今行ったばかりで、貴様は教会に訪れていないだろう!　世迷《よま》い言《ごと》を言うでない!　神前だぞ!!」

ただ一人、シーグヴォルドだけは静かに御神体へ向かい、その裏側から先ほど見たのと同じような魔導具を取り出した。

「!?　シーグヴォルド……貴様……」

「はい、魔導具は四日前に完成いたしましたので、先にシーグヴォルドさんにお願いして測定してもらっていました」

　必要なのは衆人の目と、権力者と、目に見える結果。そのためには数値だけでは駄目だし、その場の結果だけでも弱い。礼拝の先導をしているのが教会関係者ならば、衆人の前では尻尾《しっぽ》を出さないだろうし、細かい魔力の流れの違いを目視できる者は少なく、言いがかりとされてしまう可能性が高かった。そのため誠一郎は、測定器が完成してすぐにシーグヴォルドに秘密《ひみつ》裏《り》に連絡を取って依頼した。

　アブラーン神を何よりも敬愛し信仰するこの男が、その信仰心をよりにもよって教会内で穢《けが》していることを、許すはずなどないと思ったからだ。

「こちらでは測定器は半分よりも染まっていますね。目盛りでいうと五から七といった具合でしょうか。ちなみにこちら一目盛り分の魔力で、この部屋分の暖房魔導具が作動するくらいです。一般家庭で言うならば一週間はもちますね」

「さて、余剰《よじょう》分は……どこにいったのか……。司教はご存じか？」

　誠一郎の解説の後を引き継ぐようにわざとらしく問いかけるカミルを怒鳴りつける訳にはいかず、マテーウスは口をはくはくと動かすだけで、音にならない。

「私の調べでも、結界用に上納された魔力に聖女の魔力はなかったと聞いている。貴様ら、ユアの魔力をどこにやった」

　続くユーリウスの追及に、マテーウスの顔色はもはや土色だ。

　やはり数字と権力は素晴らしい。

そう思いながら、誠一郎は次なる資料を取り出す。

「えー、こちらは国内の商業、農業、工業で今年度使われた魔力の統計です。供給元の業者も追って調査しましたところ、実在を確認できなかったという物が数ヵ所あります」

「なっ!?」

顎が外れる程に口を開いたマテーウスだったが、忘れてもらっては困る。誠一郎の仕事は、王宮経理課副管理官だ。国の金銭にまつわる統計を、全て把握《はあく》する部署だ。杜撰《ずさん》だった頃ならともかく、誠一郎がこちらに来て指揮を取りだしてから整理された今年度の資料は実に細かく多岐《たき》に渡り、そして正確だ。だからこそ、小さな数字の差異も見逃さない。

「でもおかしいんですよ。その業者から買い取っているはずの魔力を、祈りの魔力から差し引いても……まだ少し、余るんですよね」

「は？」

顔色はずいぶん悪いが、誠一郎の言葉は正しく耳に届いたらしい、マテーウスは、やはり知らない。

「ほんの少しずつなんですが、これが毎月となりますとかなりの量の魔力が溜まるはずなのですが、一体何に使われているんですかね？　シプリアノさん」

視線を、状況が分からず戸惑《とまど》う子ども達の向こう側、今まで全く言葉を発しなかったシプリアノに向ける。彼にはずっと、アレシュが警戒していてくれたので一歩もそこから動いていない。

シプリアノは、いっそ不気味なほどに変わらぬ表情だった。

相変わらず、底の見えない細い目で、笑っているようにも見えるが、怒っているようにも見える、印象に残らない顔をしていた。

「し……シプリアノさん……？」

「シプリアノ……答えなさい、神聖なる信徒の祈りの魔力をどうした」

信じられない物でも見る目で振り向くセリオにも反応しないシプリアノに、シーグヴォルドが問いかけながら歩を進めた。その紫の瞳に抑えた昂《たか》ぶりが見える。実直で礼儀《れいぎ》正しいが、心根の熱い男だ。

しかもよりにもよって、彼の一番大事な信仰を踏みにじる行為に怒らない訳がない。この話を持ち掛けたときも、即座にシプリアノに問いただしに行こうとしたのを必死で止めた苦労を思い出し、誠一郎はちょっとアレシュの陰に隠れた。貧弱者の自覚はあるのだ。

「神聖なる……ですか……」

シプリアノの特徴も感情もない声がぽつりと落とされる。

続いたのは、哄笑《こうしょう》。

怯《おび》える子ども達を、優愛が抱き寄せていた。

「笑わせないでください。真なる神はメルケ神ただ一神！　アブラーンなどという身勝手で小者、神などではない!!」

「貴様……邪教徒《じゃきょうと》か！」

「メルケ神？」

「東方で崇拝されている神だ。確か異界や外部からの敵を排除し、調和を司《つかさど》る女神だ」

「異界からの敵……」

そう言えばロマーニ国ではアブラーン神が国教であるし、九割はその信徒だ。つまりは、残りの一割は、違うということだ。

「何が聖女だ。何が浄化だ。おまけに今代の聖女は異界人だと？　異界などと道を繋《つな》ぎ、均衡《きんこう》を揺るがすその行為こそが大地を穢すんだ！　とんだ茶番だ！　アブラーン神こそが、瘴気を生み出す邪神なんだよ！」

「何ということを……っ！」

シーグヴォルドが怒りのあまりに顔色を真っ白にして震える。

「アブラーン神の御加護でこの国は豊穣《ほうじょう》を与えられてきたというのに、何と罰当《ばちあ》たりな！」

「ハッ！　何が豊穣の神だ！　たかが百年ほどしか保てない平穏と豊穣しか与えられない神など、神ではない！」

「貴様……っ！」

シーグヴォルドの身体《からだ》の端がゆらりと蜃気楼《しんきろう》のようににじんで見えた。

「セイイチロウ、後ろに」

アレシュの声が固くなったので、あれが視覚化された魔力なのだろう。シーグヴォルドの理性が切れそうなのだ。振り向くと、カミルにはさすが、護衛が付いていたので安堵《あんど》する。

「フ、ハハハ、愚かな。魔力を何に使ったかと言ったな。コレだよ!!」

たった数分間で人相を随分と変えた男が、嗤《わら》いながら懐《ふところ》から小さな玉を取り出した。色とりどりの石が埋め込まれた玉だ。

「……高濃度の魔力を感じる。あれは……爆発するぞ」

「爆弾？」

電磁波《でんじは》爆弾の魔力版のような物か。

正直、国か政治に不満を持つ者で何かしらの工作はしているかと思っていたが、宗教家の方だったとは計算外だ。

（宗教は苦手なんだよ）

信仰は良くも悪くも心に影響を与える。そして理性までも壊す。

無宗教の誠一郎には、彼らの思考が理解できない。

「宗教の関わるテロリストなんて、何よりも質《たち》が悪い……！」

追い詰めるのに早まってしまった。

そう思ったときには、シプリアノの手の中の玉が光を放っていた。

辺りが白く染まる。

眩《まばゆ》いばかりの光が、そう広くもない礼拝室を包む。

感じたのは、よく知る力強い腕に抱きしめられたこと。

ああ、まただ。

また、助けられてしまった。

（俺だって、あなたに傷付いてなど欲しくないのに……）

「…………？　ん？　あれ？」

いつまで経っても、感じるのは力強い腕と嗅《か》ぎなれた匂《にお》いだけで、その後の衝撃が来ないことに、誠一郎は目を開けた。いくら庇《かば》われたと言っても、爆弾が爆発すれば衝撃くらいは感じるはずだ。

誠一郎を抱きしめていたアレシュもそう思ったらしく、腕の力が緩んだので背伸びをしてアレシュの肩越しに部屋の様子を窺う。先ほどまでよりも室内の明るさが増した気がして、見上げると、果たしてそこに、爆弾はあった。

「………これって」

シプリアノが投げたはずの爆弾は、宙に浮いて光を放ったまま、四方を固められていた。

「わぁっ、上手《うま》くできた！」

場違いに明るく高い声が響き、一同の視線がそちらに集められる。

異界から喚《よ》ばれた今代の聖女が、額に汗をかきながらも晴れ晴れとした笑顔で手を叩《たた》いていた。

「な……何……何を………」

今まで見たことがないくらいに目を開いたシプリアノの呟きが聞こえたのか、優愛はふうと息を吐いた後に手を開き直し、爆弾をふわりと自分の方に引き寄せた。

「ユア！　危険ではないのか!?」

すかさず優愛の前に出て庇おうとするユーリウスに、少し照れたように笑って首を振った。

「もう大丈夫だと思います。私の魔力で固めたので」

「固めた……？」

「はい、あれが爆発しちゃうと危ないなって思って、私の魔力で包んで固めました」

「そんなこと……可能なんですか？」

同じ世界の住人でありながら、この国の人が驚くほどの魔法を使って見せた優愛に、誠一郎が思わず尋ねるが、当の本人はキョトンと首を傾《かし》げた。

「え、だって近藤さんがやってたんじゃないですか」

「え？」

当然ながら誠一郎は魔法なんて使えない。周囲も一緒に訝し気な顔をしていたのだろう、優愛は続けて口を開いた。

「ほら、あの【魔の森】での結界ですよ。周囲じゃなくて、元になる方を結界で固めて危ない物を出さなくするっていうの」

「あ、あー……」

言われてみれば、誠一郎が行っている『瘴気を出す木ごと封印する』のと同じ仕組みだ。

「いや、あれは私は提案しただけで行っているわけでは……」

そもそもこの非常時にとっさにそれが閃《ひらめ》き、やってのけるのとは訳が違う。

「えー？　でも近藤さんが考えて、たくさんの人に実行するように行動したんだから、近藤さんがやってるのと同じじゃないですか？」

聖女として浄化や教会の手伝いをしたとはいえ、社会経験のない優愛のセリフには脱力しそうになる。しかし、それゆえになんのしがらみもない、まっすぐな評価とも言える。

優愛の浅慮《せんりょ》な所も世間知らずな所も、誠一郎から見ればマイナスな面ばかりで、聖女であることを差し引いても彼女に傾倒《けいとう》する者が多い様を少し引いて見ていたが、今少しだけ気持ちが分かった。人は誰も、本心からの誉《ほ》め言葉には弱いものだ。

「……なんだその顔は」

「でっ、何するんですか」

眉間《みけん》に皺《しわ》を寄せたアレシュに、無事を喜ぶよりも鼻を強く摘《つま》まれた。緊迫した空気が一転して緩んだと思ったら、それはごく一部だったらしい。

「さすがはアブラーン神のお選びになった聖女様と使徒殿です！　見ましたか、シプリアノ！　これがアブラーン教の力です！　こんな尊《とうと》き方々を否定するなど、メルケ神の教えこそ排他的で間違っているんですよ」

「くっ」

シーグヴォルドの勝ち誇った顔というのも珍しいが、シプリアノは悔し気に歯を食いしばって跪《ひざまず》いた。しかし、

「いや、何を信じるかはその人の自由でしょう」

誠一郎の口から、思わず言葉がぽろりと零《こぼ》れ落ちてしまった。

「使徒殿は何を……」

シーグヴォルドとシプリアノが、それぞれ信じられないものでも見るような目を向けてくるが、誠一郎に同意する者が他にもいた。

「そうですよねぇ。神様なんていっぱいいるのが普通じゃないですか？」

「聖女様!?」

これには教会関係者が皆そろって目を剝《む》く。他でもない、アブラーン神の聖女と使徒が他の神の存在を認める発言をしたのだから。

「なんということを……。神はアブラーン神ただ一神です。それは聖女様が一番よくご存じでしょう」

震える声でマテーウスが縋《すが》るように優愛を見るが、当の優愛はきょとんと誠一郎と顔を見合わせてから首を傾げる。

「え？　なんでですか？　確かにあっちで『声』がして、こっちの世界に喚ばれましたし、浄化の力も授かったし、たまに夢に男の人が出てきて色々教えてくれますけど……それと他に神様がいないのが関係ありますか？」

何気に聞き捨てならない事案がいくつかあったが、それは今は捨て置くことにして誠一郎も頷く。見たことがないものは、いないという証明にはならない。

「それにアブラーン教は確かに国教ですが、ロマーニ王国では他の宗教を禁止してはおりませんよ。そうですよね、宰相閣下《かっか》」

振り向くとカミルが力強く頷いた。国として、アブラーン教を支持して、支援金を出してはいるが、他の宗教を弾圧しているわけでもなく、税の関係で言うならばアブラーン教と同じ税率となっている。

「メルケ神を……信じてくださるのですか？」

縋るような視線をシプリアノに向けられ、優愛と顔を見合わせる。

日本は古くは神道《しんとう》。仏教も栄え、キリスト教も広まり、ヒンドゥー教徒も存在する。

そもそもの根源は、八百万《やおよろず》の神。

全てのものには神が宿り、その数は八百万を超す。

最近では無信仰などと言いつつも、その精神が備わっている国だ。

何も信じていないが、全てを信じている。

そして何も否定しない。

「まぁいるんじゃないですか？」

その程度だ。

それでもシプリアノは、その言葉を嚙《か》み締めるように口を噤《つぐ》んだ。うつむき、床に水滴が落ちる。

「私を……許してくださるのか……」

「え？　いや、それとこれとは話が別でしょう」

「え」

涙に濡《ぬ》れた細目を瞬きながらこちらを見られても。なぜシーグヴォルドまでそんなに不思議そうな顔をするんだと問いたい。

「寄付金の横領《おうりょう》に魔力の横領。殺人未遂《みすい》に器物破損。罪状は片手で足りませんが。しかも国の中枢《ちゅうすう》とも言える王族、宰相、聖女がいる中での行為ですから、国家反逆罪も付きますよ」

思いつく罪状をつらつらと挙げていくと、カミルの声が続いた。

「アブラーン教の信徒を装ったことから、詐欺《さぎ》罪も適用されるな。横領罪は単純横領と業務上横領の二つ共だ。国家反逆罪とは別に、不敬罪と侮辱《ぶじょく》罪も付くだろうな」

さすが法の最高権力者である。次から次へと出てくる出てくる。そうこう言っている間に、カミルとアレシュが手配した騎士達がシプリアノとマテーウスを拘束《こうそく》していった。

これで本当に、誠一郎の教会での仕事は終わったのだった。

エピローグ

「それじゃあヘルムートさん、行ってきます」

「ああ、気を付けてね」

誠一郎《せいいちろう》が資料の束を持って立ち上がると、慌《あわ》ててノルベルトも立ち上がった。

「わわっもう行くんスか!? 待ってくださいよ～」

「十分前行動が基本だろう。早くしろ」

乱雑にかき集めた資料を持って、ノルベルトが駆けてくる。今にも落としそうだ。

「あ、コンドウの兄ちゃんにノルベルトさん。こんにちは」

「シグマくん」

廊下で偶然会ったのは、木工見習いだった下町の少年、シグマだ。今はあのときよりも綺麗《きれい》めなシャツとズボンで、キッチリとして見える。

「今日もイストさんに呼ばれたんですか？」

「はい、魔力がいっぱいある内に実験しまくろうって」

「ほどほどにしてくださいね。あとこれから私塾《しじゅく》に向かうのですが、一緒に行きますか？」

宮廷魔導課副管理官のイストは、あのときシプリアノが横領《おうりよう》して溜《た》めていた魔力爆弾をねだりまくり、実験のエネルギー源として見事にゲットした。そしてシグマも、魔力測定器の制作に携《たずさ》わった功績が認められ、正式に宮廷魔導課への出入りが許された。と言っても、まだ箇単な読み書きくらいしかできないし未就学であるために、これから学校に通いながら研修生として扱われるらしい。その学校へ通うための準備として、そして聖女と王太子主導の私塾の模範生となるべく私塾に通っている。

「あ、一回戻ってから行く予定だから」

「シグマくん、言葉遣《づか》い」

「あ！　予定なので、お先に失礼しま、す……？」

シグマは独学で勉強をしていたので、簡単な読み書き計算はできるため、一番の課題は礼儀《れいぎ》作法だ。学校に通うとなると、貴族や商家のお金持ちの子どもばかりだろうから、何を言われるか分かったものではない。ただ、シグマは確かなる実力と目標があるため、無事王国第一の奨学生としてやってのけるであろうと思う。

「あ、近藤《こんどう》さん、ノルベルトくん。いらっしゃい」

救済院を訪れると、優愛《ゆあ》が笑顔で迎えてくれた。

その後教会の司教は代わり、マテーウスは実家から多額の保釈金を出してもらったものの、辺境送りとなった。シプリアノはことがことだけに、異教徒であることを加味せずとも、一生を檻《おり》の中で過ごすことになりそうだとか。

救済院での私塾は、聖女と王太子を主催に開かれると大々的に広告され、応募者が殺到したため当初の予定よりもクラス分けを増やし、午前と午後にも分けられることになった。最初の計画よりも育てるのに時間が掛かるが、致し方ない。ひとまずはシグマという模範的奨学生で凌《しの》いで実績を作ろう。

　そして優愛はというと……。

「ユア」

「ユーリ様」

　査察と称して頻繁《ひんぱん》に私塾に顔を出すユーリウスと、意外にも上手《うま》くいっているようだ。その証拠に、浄化《じょうか》を終えても優愛は王宮から教会へ通っている。

「コンドゥ……お前殿下《でんか》付きの官吏《かんり》になるつもりはないか？」

「御冗談を」

「いや、本気なんだが…………」

　王子の護衛として来ていた第二騎士団団長ラディムだが、いまだに聖女と王子をくっつけ隊をやっているらしい。

　正直優愛の様子を見るに、彼女は甘やかしてくれる人よりも叱ってくれる人が好みで、なおかつ年上に憧《あこが》れはするが、同世代と親しくする方が楽しいように見受けられたが……余計なことを言って隊に引き入れられては困るので黙っておいた。

「あれ、白墨《チョーク》どこだ？」

　授業の準備をしていたら、見当たらない必要道具の箱をすっと差し出された。

「……お前、忙しいんじゃないのかよ」

　若草頭に長い睫毛《まつげ》のセリオが、視線を合わさずに呟《つぶや》いた。

「忙しいですよ。だから週一の計算の授業は、部下に引き継ぐことになりました」

「えっ！」

ノルベルトを呼んで紹介すると、セリオが口を真一文字に結んで下を向いた。

「……ノルベルト、お前何かしたのか？」

「えっ、いやいや初対面スから！　何かしたとしたらセイさんっしょ！　てゆーか、これは……」

うつむいてしまった少年を前に、大人二人でヒソヒソ言っていると、下から微《かす》かな声が聞こえた。

「お……前は、もう、ここには来ないのかよ……」

消え入りそうな声で問われ、誠一郎は首を傾《かし》げる。

「来ますよ。まだ私塾も始まったばかりですし」

優愛とユーリウスはあくまでも看板なので、裏方があくせく動かないと運営は難しい。

また、これだけ大掛かりな横領が横行していた教会なので、しばらくは定期的な査察も必要だ。

「セイさんって、本当どこ行ってもモテるっスよね」

「は？」

授業の最後の打ち合わせをしているときにノルベルトが零《こぼ》した言葉に、誠一郎は眉間《みけん》に皺《しわ》を寄せた。

「何言ってんだお前」

アレシュを置いて、この世界では基本的に厄介者《やっかいもの》かオマケとして扱われていて、モテた試しなどない。

「だってここに来る前も、宰相《さいしょう》に勧誘受けてたじゃないッスか」

……訂正、もう一人いた。

しかしカミルからは経理課を出て、法務部付きの経理にならないかと誘われただけだ。もちろん断ったが、そうしたら独立組織として働かないか、爵位《しゃくい》も与えると言われて本気の拒否をした。

誠一郎は、自分は組織の歯車の一つとしてあくせく働くのが似合っていると思っている。周囲は歯車だとしたらあちこち飛んだり逆回転するのを止めろと言うだろうが、人はなかなか自分を客観視できないものだ。


ノルベルトの初めての授業を見届けて、王宮に戻る準備をする。

教会を出ようとしていたら、豪華な馬車が乗り合い馬車への道を塞《ふさ》いでいた。どう見ても貴族の持ち物なので、無理に通ろうとしたら不敬とされるかもしれない、と裏道から行こうかしばし悩んでいたら、馬車から降りてきた人物と目が合った。

「シーグヴォルドさん!?」

「セイイチロさん！　私塾へ教えに？」

優雅な足取りで馬車を降りたシーグヴォルドは、今日は真っ白な司祭服ではなく紫と赤を基調とした礼服を着ていて、別人のようだった。

「あ、はい。えっと、その恰好《かっこう》は……」

「ああ、ちょっと実家に呼ばれておりまして」

あんな事件があった後だし、魔力のコントロールも十分にできるのだから教会など出てもう帰って来てはどうかという話で呼ばれ、断ってきたそうだ。

「私はやはり、私の信じる神にお仕《つか》えしたいと思っています」

どこか晴れやかな表情でそう言うシーグヴォルドを横目に、馬車に付いている紋章《もんしょう》をチラリと見た。

（あれは確か……エールヴァール侯爵家《こうしゃくけ》の紋章だったはず）

王宮で働く基礎知識として、侯爵家までの名前は頑張って覚えた。それよりも、やたらと覚えのある名前は、先日調べた教会への寄付金でぐんを抜いて額の多かった家だからだ。たしか西の方の豊かな地の領主で、政治的な力も強かった。――――というよりも……。

（なんだ……アレシュさんとは関係なかったのか……）

変な心配をたくさんしてしまった。これが取り越し苦労ってやつか、と誠一郎は肺の底からため息を吐きだした。

「ですが、今回のことで自らの見識も広げなければと思いました。ですので、教会に来た折にはぜひ声を掛けてやってください」

「ああ、はい。分かりました」

その石頭を少し柔らかくする気があるのは良いことだ。教会の有力者で、西方の名家と繋がりを持っているのも良いことだと、誠一郎も笑顔で頷いた。

δδδ

「セイイチロウ、帰るぞ」

その日の定時に、アレシュが現れたときには誠一郎はちゃんと帰り支度を終えていた。

「お前、今日宰相と殿下から勧誘を受けたらしいな」

馬車に乗るなり切り出してきたアレシュに、盗聴器でも付けられているのかと思わず官服の襟《えり》をさわった。

「お耳が早いですね。ですがどちらもお断りしていますよ」

「おい、言葉遣い」

「まだ家ではありません」

返すと、むうとその薄い唇を引き結んだ。子どもか。

しかし、そういう顔を見ることが少し楽しみになりつつある自分を自覚して、誠一郎も緩みそうになる唇を引き結んだ。

まだまだ問題は山積みで、いずれは日本に帰るつもりだってある。

アレシュの気持ちに応えることが正解であるかどうかの判断が、誠一郎にはつかない。

黙った誠一郎に、今度はアレシュが様子を窺《うかが》うように視線を寄越した。

「………もう少し暖かくなったら、海沿いの街に行かないか？」

「何です、急に」

答えながら、海という言葉にピクリと反応してしまった。

誠一郎の生まれは静岡県《しずおかけん》で、海も近かった。大学から関東へ、就職で上京してからは縁遠くなってしまったし、こちらに来てからも全く海を見ていない。

「………海があるんですか」

察しの良いアレシュは、誠一郎が好感触を示したことにすぐ気付いたようで、言葉を重ねた。

「ああ。実家の本家にある。領地内の保養地として人気のある場所に別宅もあるから、人目を気にせず休息できる」

インドラーク家の治める領地は、南方にあり広く自然豊かでありながら、整地されていて保養地として人気が高い。

「お前は働き過ぎだから、仕事と距離を取らせるのが一番だろう」

「またそういうことを……」

やることがいっぱいあるのに、通信の発達していないこの世界で保養地に連れ去られては手も足も出ないじゃないか。海は魅力的だが、何とかして阻止《そし》せねばと考えを巡らせていると、向かいのアレシュがフッと息を吹き出した。

「分かっている。ある程度の目途《めど》が付いてからだ。お前の仕事を中途半端に放り出させはしない」

「……っ!!」

きゅうっと誠一郎の胸に、覚えのある痛みが走った。

「どうしたセイイチロウ。痛むのか!?」

胸を押さえ前屈《まえかが》みになった誠一郎に、アレシュが慌《あわ》てて座席から立ち上がり覗《のぞ》き込《こ》む。
（またそういう……！　何が氷の貴公子だ。何が黒い獣《けもの》だ）
小刻みに締め付けられる胸に、誠一郎は大きく息を吐いた。
分かった。
認める。
視線を上げると、切れ長の紫の瞳が不安げな色をしていた。
貰《もら》ってばかり、守られてばかりをもう止《や》めたい。
「……アレシュさん」
「何だ？　医局に戻るか？」
アレシュの提案に首を振り、均整の取れたその柔らかい唇に口づけた。
これからのことは、二人で話し合おう。

エピローグのその後

馬車を降り、扉の前に立つよりも早く、中から扉が開かれた。

「おかえりなさいませ、アレシュ様。コンドゥ様」

執事《しつじ》のヴァルトムとメイドのミランが声を揃《そろ》えて、礼をして迎えてくれた。

「ああ」

「ただいま戻りました」

それぞれが言葉少なに返すと、ミランが主人であるアレシュのマントを脱がせ、受け取る。

「湯浴《ゆあ》みの準備もできておりますが、お食事とどちらを先になさいますか？」

「食事でいいか？　セイイチロウ」

「食事で良いですけど、まだあまりお腹《なか》が空いていないので、部屋で少し休んでからで良いですか？」

「お前の休むは仕事だろう。また仕事を持ち帰ったのか」

「イイエマサカ。本を読みながら休むだけです」

「……まぁいい。ヴァルトム、食事は半刻後だ」

アレシュがヴァルトムを振り返りそう指示を出すと、ヴァルトムは目を細め、ミランは瞳を輝かせた。

「かしこまりました。パヴェルにカララプイの用意もさせましょう」

「む」

そして綺麗《きれい》な礼をして、二人は足早に仕事に戻って行った。

「アレシュさん、カララプイってなんですか？」

聞きなれない言葉だが、パヴェルに用意をさせるということは、料理の一種なのだと予想できる。しかしなぜそれをアレシュに宣言していったのかが分からず問いかけると、アレシュはしばしの沈黙の後、誠一郎《せいいちろう》を見てから少し目を逸《そ》らして咳払《せきばら》いした。

「カララプイは、俺の故郷で祝い事のときに食べられる料理だ」

例えば、洗礼の儀、成人の儀、そして……結婚など。

「!? どこですか!? どこで気付かれたんですか!? ヴァルトムさん、ミランさん!!」

誠一郎の叫びに答える者はいなかったが、夕食時は三人の従者の温かい視線の中で、カララプイをアレシュと二人で食べる羽目《はめ》になった。

δδδ

カララプイは、焼き菓子の一種だった。

満面の笑みで特大の焼き菓子を重ねた物を出してきたパヴェルに、誠一郎は羞恥《しゅうち》心《しん》よりもどうやってこの短時間にこの量の焼き菓子を作ったのかが気になった。もちろん食べきれるはずもなく、残りは従者や近所に配るのがカラプイらしいので、嬉々《きき》としてパヴェルが下げて行った。待ってそれを近所に配るときに何て言うつもりだ？　と思ったが、誠一郎にはそれを止めることはできなかった。

「セイイチロウ、湯浴みに行かないのか？」

食事後に先に湯浴みを済ませたアレシュが、誠一郎の部屋に入ると、ベッドに突っ伏している姿が目に入った。

「セイイチロウ、寝てるのか？」

「寝てません……」

ベッドに腰かけ手を延ばそうとされる前に、のそりと起き上がる。

「？　どうした」

眉間《みけん》に皺《しわ》を寄せて誠一郎の顔を覗《のぞ》き込《こ》もうとするアレシュの顔は、単純に誠一郎を心配してということは理解している。しかしなぜこうも平然としているのかは分からない。文化か。文化の違いなのか、と誠一郎は頭を抱えたくなった。

「熱が出たのか？」

額に手を当てられたが熱などない。そう言おうと視線を上げると、思いのほか至近距離にアレシュの顔があり、その紫色と目が合った。

額に置かれた手がそのまますると頬《ほお》を撫《な》でていき、顎《あご》にまで到達した所で少しだけ力を加えられた。誠一郎もその力に抗《あらが》うことはせず、静かに目を閉じてアレシュの唇を受け入れた。

唇が離れた後もじっと至近距離で見つめられ、誠一郎は観念して息を吐いた。

「別に、どこも悪くないですし、怒ってもいないです。……ただ、少し気恥《きは》ずかしいだけです」

「気恥ずかしい？　なぜだ」

真顔で訊《き》かれても、逆にこの年で使用人達に付き合い始めをあからさまに祝われて、なぜアレシュは恥ずかしくないのだと思うのだが。

「ヴァルトム達が俺の意向に沿わないことをする訳がないだろう」

言われて、目の前の顔には出ないが上機嫌の美しい男が、侯爵家《こうしやくけ》という貴族であることを思い出した。なるほど、使用人に対する考え方が根本的に違うのか。仕方がない……と思おうとして誠一郎は思い直す。今までならそこで価値観の相違かと諦《あきら》めて意志を伝えることをしなかったが、アレシュと向き合うと決めたからには、分かり合えなくとも意志だけでも伝えておかなければならない。

「それは分かりますけど、俺がいた国では恋愛ごとはあまり大っぴらにする話ではなかったので、その、慣れていないんです」

「手紙ではそうは思わなかったが、分かったヴァルトムにも言っておこう」

完全に理解はされていないが、とりあえずはこれでいい。ホッとして礼を言うと、もう一度キスをされた。

「ん…………ん？」

手紙？

触れるだけだった唇に柔らかく湿った感触がして、素直に口を開けたが、今度は脇腹に熱と、言葉の違和感に目を開けた。

「手紙……とは何のことですか？」

「お前からの手紙の返事だ」

言いながら、唇が耳元に触れ声が直接鼓膜《こまく》を震わせる。熱を直接流し込まれたかのような錯《さっ》覚《かく》に陥《おちい》るが、聞き捨てならない言葉に、誠一郎は頭を振ってアレシュの唇から逃れる。

「返事なんて……まさか……っ！」

反射的にベッドから起き上がって駆け出そうとするも、その体は易々《やすやす》とアレシュの逞《たくま》しい腕に戻される。しかし誠一郎も引き下がれない。

「よ、読んだんですか!?」

「俺に対する手紙なんだから、俺が貰《もら》って読んで何が悪い？」

遠征《えんせい》を延期して魔獣退治をしていたころ、毎日誠一郎に手紙を送って来ていたアレシュ。対する誠一郎は、一通も返事を書かなかった。

否《いな》。正確には、書いてはいたのだが、城の使者に定期連絡時に一緒に転送をしてもらうことを頼めなかったのだ。全て執務机の引き出しに入れていたはずなのに。

「勝手に机の中を漁《あさ》るのは、家主とはいえどうかと思います。プライバシーの侵害です」

「俺じゃない。ヴァルトムが渡してきたんだ」

「ヴァルトムさんが!?　うぅ……」

時期的におそらく、誠一郎が医局に入院している時。ヴァルトムが誠一郎に苦言を呈する前と予測される。どうりで、ヴァルトムはすぐに引き下がったし、絶対に機嫌が悪いと思っていたアレシュが退院時にそれほどじゃなかった訳だ。

「…………返してください」

「俺宛の手紙なんだから、俺の物だろう」

「出していないんですから、まだ俺の物です……って、待……ッ！」

下半身を撫でられ、言葉が詰まる。その隙を見逃さず、アレシュが再び誠一郎の身体《からだ》を抱き寄せ、頬に、耳にキスを与える。

「ぁ……アレシュさん、俺まだ風呂に入ってないんで……」

「……どうせ汚れるから、後で良いだろう」

言いながら首元に鼻が触れて、カッとなる。

「ちょ……匂《にお》いを嗅《か》がないでくださいっ！　するのは良いですから、先に風呂に……」

「お前がもたもたしているからだ。もう待てない」

「ンッ…………あぁもう……」

アレシュの大きな手がシャツの中に入り、わき腹から胸元をなぞる。誠一郎も抵抗を諦め、アレシュも首に手をまわした。

「ん……ぁ、はぁ……」

思い返してみれば、魔力の馴染《なじ》ませ以外で触れ合うのは初めてだ。

誠一郎を保護するための結界や治癒《ちゆ》の魔法を使った後の魔力酔《よ》いを治めるために、肌を触れ合わせ、体液を注ぐための行為は重ねた。だが実際は行為を最後まで行うほどの魔力酔いは、それこそ瀕死《ひんし》状態からの治癒魔法くらいで、そこまでの魔力酔いともなると受ける方の意識も朦朧《もうろう》としている。

つまる所、行為自体は初めてではないのだが、最初から最後まで意識がはっきりしているのは初めてなのだ。

「あ……そこ……っ」

アレシュの愛撫《あいぶ》が後ろに回ったときには、覚悟はしていても体が一瞬強張《こわば》った。

「……………嫌か？」

汗のにじむ額に一度キスをされ、低く問いかけられた誠一郎は、静かに首を振った。誠一郎とて同じ男である。これまでの馴染ませ行為でアレシュが最後までを求めなかったことが、いかに強靭《きょうじん》な自制心を要したかも分かっているし、今こうして想いが通じた日に遂《と》げたい気持ちも分かる。そして、誠一郎自身もそれを求めている。

情欲によって色の濃くなった紫の瞳を見つめ返し、触れるだけのキスをして耳元で答える。

「俺も……したいです」

香油だか何だかで散々慣らされた箇所に、熱を押し込まれる。初めてではないのに、初めての感触が押しあがってきて、誠一郎はなるべく力を抜こうと口から熱を吐き出した。

「はっ、あっ……ぅ、はぁ、はぁっ」

引き攣《つ》れるような痛みはないが、やはり違和感は拭《ぬぐ》えず、ベッドのシーツにすがると、その手は引き剥《は》がされた。

「あ……ぁっ？」

「手は、こっちだ……っ」

そう言って汗ばんだ肩に手を持って行かれて、返事をする暇《ひま》もなく打ち付けられた熱に自然と手に力が入る。

「ぅあっ、んんっ……！　あ、アレシュさ……っ」

もっとゆっくりとお願いしたいが、声にならなくてただただアレシュにしがみつく。覆《おお》いかぶさられたアレシュの熱い吐息と声が耳元で漏《も》らされて、体がどんどん熱くなる。

（ああ、そうだ……）

ぼんやりとしてくる思考の中で、誠一郎はアレシュの声が、好きなのだと自覚した。

δδδ

「だからと言って、限度があります」

翌朝、八歳年下の恋人に対して誠一郎は不機嫌に言った。

「何がだ？」

誠一郎の不機嫌さに気付かず上機嫌のアレシュは誠一郎の額にキスをしながら訊いた。

「いいですかアレシュさん。俺の体力は、年齢、職業、体質等どれも、あなたとは違います」

片や二十二歳騎士団長。片や三十歳運動全くしない上に魔素《まそ》アレルギーで魔力酔いする社畜《しゃちく》。

もしも体力値を数値化したら、十倍くらい違うかもしれない。

体力の他に、普段しない姿勢も多々あったため、関節もギシギシと痛む誠一郎。

「そうだな」

「……以上を加味した上で、最後までするのは休日前の週一でお願いします」

「はぁ!?」

誠一郎の提案に、アレシュはガバリと体を起こした。

「週一だと!?　冗談じゃない！」

「そうです。あんな行為を頻繁《ひんぱん》にされたら、冗談じゃありません」

ぐったりと横たわる誠一郎の顔色が若干青いことに気付いたアレシュは、舞い上がり過ぎた昨晩を反省し軽い治癒魔法をかける。

「……悪かった。だが週一は少なすぎる」

やっとの思いで初恋が成就した若いアレシュには少なすぎるが、誠一郎の体力も腰もそれが限界だ。首を振る誠一郎の虚弱《きょじゃく》さは知っているので、体に負担を掛けるのは得策ではないことは分かっているアレシュは考え、そして閃《ひらめ》いた。

「治癒魔法を掛けながらやれば効率的じゃないか？」

「…………」

表情があまり変わらないことと、これまでの自制で誠一郎は少しアレシュという男を勘違いしていたようだ。しかし誠一郎も譲れない。だが、治癒魔法は魅力的だった。

「治癒魔法を掛けていただけるならば、前日は栄養剤を飲んでも……」

思わず口から出た言葉に、アレシュの雷《かみなり》が落ち、その日から三日ほど、初めての痴話《ちわ》げんかをする二人を、使用人達は微笑《ほほえ》ましく見守った。

ノルベルトの報告書2

「backstage」

俺の名前はノルベルト＝バラーネク。ピチピチの十八歳だ。バラーネク伯爵家《はくしゃくけ》の三男坊で、この春に王宮経理課にコネ就職した。

バラーネク伯爵っていっても、伯爵になったのはついこの間で、それまでは子爵《ししゃく》だった。なんで爵位が上がったかっていうと、セイさん……『聖女召喚《しょうかん》』で聖女様と一緒に召喚されちゃったセイイチロ＝コンドゥさんのおかげだ。

『聖女召喚』ってのは、この国に百年に一度起こる『瘴気《しょうき》』を浄化《じょうか》するための聖女様を異世界から喚《よ》ぶために行われる国家儀式《ぎしき》だ。これまでは『お告げ』で指定される聖女様は大体国内にいたんだけど、今回はまさかの異世界だったので、国を挙げて古～い召喚儀式を復活させたって訳。

で、それに巻き込まれちゃったセイさんは特に何の力もないただの一般人だったんで、国は一応の生活の保障だけして監視役を付けて放置しようとしたんだけど、そのセイさんが「仕事が欲しい」なんてふざけたことを言い出して、前職が生かせる仕事ってことで王宮経理課に来たんだ。そう、俺と同じ職場。

そんでもって色々と都合が良いってんで、俺がセイさんの監視役になった訳なんだけど、ただの一般人で聖女様のオマケなんて思われていたセイさんが、実はまじパネェ人だったんだ。

セイさんは頼まれてもいないのに国の経理を洗い直して、騎士団や貴族の上の人らに好き勝手使われていた経費を洗い直した。その上、瘴気被害を起こさないための計画まで立ち上げて、瘴気被害には聖女様の浄化！　って常識を根本からひっくり返しちゃった。

　そのときにセイさんだけじゃ計画を立ち上げるのは難しいからって、発案者になってくれって頼まれたのがうちのバラーネク家で、それが見事通って、その功績で伯爵家に格上げになったって訳だ。

　うん、つまりはセイさんは国にとってもうちにとっても救世主って訳だな。救世主って見た目じゃないけど。

　あ、そうそう。あと俺が監視係にされた理由っていうのが、同じ職場だってことと俺が王族を裏切らない存在だってことの二つだった。なんで裏切らないかっていうと、俺は元々この国の王様と準男爵家《じゅんだんしゃくけ》出身の王宮仕《づか》えだった母親の間に生まれた庶子《しょし》だからだ。一応認知はされているけど、母親の身分的にも王族に連なるのは無理で、王様の信頼するバラーネク子爵家に養子に出された。そんな訳で、一応王族の血は引いているけど、王位なんて間違っても望まないように、臣下として生きるための教育をされてきた。あ、といっても養父も養母もめちゃ優しいし、義兄も義姉も本当の弟みたいにかわいがってくれて何不自由なく育ったんだけど。てゆーか王族としての重圧とかなくてむしろラッキー？　みたいな？

　まぁそんな訳で、公式の式典とかでは家臣席に呼ばれる以外は特に何もやることなかった俺に、確認の意味も込めてセイさんの監視係の任務が降ってきた。

　結局、セイさんは国にそこそこ恨《うら》みは持ってたけど（無理やりの召喚よりもその後ちゃんと謝らなかったことの方にキレてたみたい）、究極の効率重視思考だったために反逆とかは全く考えず、結果国のためになることを為しちゃってめでたしめでたし。だと思ってた。

「なのに報告書の提出は今後も続けろって何でだよ〜〜〜」

超めんどい〜〜〜。とソファに寝転がる俺に、義父《とう》さんが苦笑しながら嗜《たしな》めてくる。

「お役目だろう。きちんとやりなさい」

「お役目っていったって、セイさんは国のためになることをしてくれてるんだから、監視の必要なんかないじゃん」

てゆーか、そもそもセイさんには何の力もないからって、ろくに身体検査もせずに放置していたくせに、監視を付けさせていたのもおかしな話だったんだよ。おかげでセイさん魔素《まそ》中毒の魔力酔《よ》いで死にかけたし。

「どんな形であれ、繋《つな》がっていたいというお気持ちを汲《く》んであげなさい」

義父さんはそんな風に言うけど、正直物心ついたときから養父家で育った身としては、王様に親子の繋がりみたいなものを求められていると言われても、全くピンとこないし基本迷惑な内容が多いからやめてほしいのが正直な感想だ。さすがにこれは口には出さないけど、やっぱり義父さんには伝わってるみたいで、また苦笑された。

俺もため息を吐《つ》いて、机に投げ出した指示書を睨《にら》んだ。いまさらセイさんについて報告することなんて、「今日も仕事を頑張っていました」くらいしかないだろうに、と思って。

しかしそんな予想を裏切るかのように、俺が帰省から戻った翌日、早速セイさんは宰相《さいしょう》に呼び出されていた。宰相に呼び出されること自体は初めてではない。なんせいくつもの国の重要な事業の中枢《ちゅうすう》に食い込んでいるセイさんだ。何度かその関係で呼び出されていた。だが、いつも予定がずれるのを嫌がるセイさんに宰相側も配慮してか呼び出しは数日前に打診があるのが常になっていたはずなのだが、今回は前日に打診だったので急な印象だ。何よりも戻ってきたセイさんの眉間《みけん》に皺《しわ》が寄っていた。これは難しい命令でもされてしまったのだろうかと、俺は早速駆け寄ってセイさんに質問した。

『報告書No．16
セイさんが教会に出向することになりました。収支報告書の回収のために一ヵ月だそうです。しかも明日からっていう急なことで、俺にも大量の仕事を振り分けられました。正直きついけど、セイさんはもっとキツいみたいです。
どういう流れでそうなったのか分かりませんが、セイさんの仕事がどう考えても多すぎて心配です。でもセイさんは働いているときが一番生き生きとしています。』

セイさんが急遽《きゅうきょ》教会へ出向することになって驚いたし、確実に仕事多すぎだろって思ったけど、当のセイさんが納得していてどうしたものかと思っていたら、昼休憩《きゅうけい》終わりにセイさんがインドラーク騎士団長に引きずられて行くのが見えた。あれ絶対セイさんを働かせすぎだって抗議に行ったんだなってすぐに察したけど、戻ってきたセイさんが何事もなく仕事の引き継ぎを続けたので、インドラーク騎士団長でも覆《くつがえ》せなかったのかって思った。

インドラーク騎士団長でも駄目《だめ》ってことになると、セイさんの教会出向はただの教会の査察だけじゃないんだろうな。やっぱり宰相のお気に入りで、第三騎士団長に囲い込まれているっていうのが立場上まずいのかな。セイさんもその辺は少しは気にしていたみたいだけど、貴族や政治のことには結構鈍感な所があるから……ていうか、それを考えるよりも仕事のことを考えていたいんだろうな。

インドラーク騎士団長のセイさんへの構い方はどう見ても異常だし、強制同棲《どうせい》まで始めちゃったから言い逃れなんてできない状況だ。それでも周囲は「第三騎士団長は異世界人を保護している」に何とか落とし込みたいみたいだけど、現実を見てほしい。あの人隠す気ないんだから。俺は服をプレゼントしただけで睨まれましたからね？

インドラーク騎士団長の想いはあからさまだけど、セイさんはどうなのかな？　て探りを入れたことはあるんだけど、セイさんこの話をすると感情を消して仕事を増やしてくるから、触れられたくない所らしい。でもセイさんの体質からいって、正直インドラーク騎士団長と離れると命の危険性もあるからセイさん的にはハッキリ拒絶する訳にもいかないのかなと思う。セイさんは自分を強《したた》かで冷たいと思っている節があるけど、もっと利用しても良いくらいだと俺は思うけど。

それにセイさん、インドラーク騎士団長と同棲を始めてから、家でも健康管理をされているせいか以前よりも顔色が良くなった。あと気のせいかもしれないけど、表情も少し柔らかくなった気がするんだけど、どうなんだろう。

まぁ今はともかく、セイさんのいない間に積み上げられた仕事をするしかないよな。びっちりと書かれた指示書にうへぇって声が出たけど、一ヵ月もいないんだったら余裕かも。

と、思ったことが俺にもありました。

「いつ、それが全部の仕事だと言った？」

セイさんが教会に出向して三日……朝から経理課の先輩と飲みに行く話で盛り上がっていた俺に冷水を浴びせかけるような冷たい声が響いた。声のした方を振り向くとそこには、いるはずのないセイさんが相変わらず生気のない目で立っていた。

「せせ、セイさん!?　何でここに!?　教会に出向中じゃ!?」

「今日は休みだ」

出向がなくなったのかと慌《あわ》てて訊《き》くと、そう答えが返ってきて一瞬ホッとしたが。休みに何で職場にいるンスか？

「何でそれで職場いるんスか!?」

「お前がサボっていないか、見に来た」

「ヒエッ」

本気で息を飲んだら、冗談だと抑揚《よくよう》のない声で言われた。セイさんの冗談って基本心臓に悪いんスけど！

結局その後バリバリ仕事をしたセイさんに、昼休憩で食堂に行ったときに教会について訊かれた。

「ノルベルトは教会には行ったことがあるのか？」

「あはは、何言ってんスかセイさん！　当たり前っスよ〜！」

普通に生きてて教会に行かないなんてありえないッス。しかもうちは貴族なんだから、当たり前じゃないかと笑ったら、セイさんが不思議そうな顔をしていた。あれ？　もしかしてセイさんのいた世界では教会ってなかったのかな？　と思って訊いたら、あるにはあったらしい。

セイさんのいた国では、色んな宗教があって、何を選ぶも自由だったらしい。いや、うちの国も強制ではないんだけどね、王家がアブラーン教支援してるし、聖女の神託《しんたく》をくれるのもアブラーン神だから、当然アブラーン教がほとんどになるっスよね。

だもんで、国内のほとんどの町や村にはアブラーン神の教会があって、国の管理下にあるから洗礼式や成人の儀も教会でやるのが普通で、それゆえに瘴気被害の少ない地域の村にまでアブラーン教が浸透している。うちみたいな土地持ち貴族は当然、領地内の教会に支援するもんだ。

「なるほど」

セイさんは小さく頷《うなず》きながら視線は下を向いている。俺の話を聞きながらいろんなことを考えている顔っスね。

「それに教会の役職付きって大体貴族っスしね」

「ん？　そうなのか？」

「そっスよ。大体教会勤務できるのは、魔力が多い者だけっスからね。貴族は魔力の多い人が多いから、必然的にそうなるっス」

あれ？　これも初耳？　いや、セイさんは魔力や魔素に弱い体質なんだから、これ知らないとヤバくないッスか？　インドラーク騎士団長が怒りまくって抗議したのも、これが一番の原因だと思ってたんスけど？

　改めてセイさんの顔をじっくり見るが、特に顔色も悪くは……ないことはないけど平常通りだし、目元の隈《くま》もこれまたいつも通りあって……ダメだ、普段から体調悪そうな顔しているから違いが見つけにくい。でも食事は問題なく摂《と》っているし、最初の頃に比べたら魔素への耐性も付いたせいか食事量も増えているから大丈夫かな？　まぁインドラーク騎士団長っていう専属治療魔術師も付いているし、大丈夫っしょ。

「でもよく普通に食堂に来たっスね。インドラーク騎士団長と鉢《はち》合《あ》わせたらヤベェんじゃないんスか？」

　セイさんの体調を第一に考える過保護《かほご》なインドラーク騎士団長が休日出勤なんて許すはずないのに、よく堂々と食堂を使ったなって思ったら、

「アレシュ様は一人では食堂には来ないから、大丈夫だ」

と、ドヤ顔で言われた。いや、めちゃくちゃインドラーク騎士団長怖がってんじゃないスか！

　てゆーかこの人自分の体調管理をしてくれる人に隠れて仕事してるぞ!?　大丈夫じゃないかもしれないッス！

『報告書Ｎｏ．17

　セイさんが教会に出向してから三日が経《た》ちました。セイさんの指示書の下、経理課は問題なく仕事をしていました。

セイさんは経理課の勤務体制で教会に行ったのですが、今日は教会へ行くのは休みだからといってなぜか経理課の方に仕事に来ていました。意味が分かりませんが、セイさんじゃないとできない仕事もあったので経理課は助かりました。

でもこれだとセイさんがいつ休めるのか分かりません。セイさんは隠れてまで仕事をするような変……変わった人なので、他にも見ていてあげる人が必要だと思います。

息抜きにと飲みに誘ったら即答で断られました。』

報告書を書いていたペンを置いて、インクが乾くまでと寄宿舎のベッドに寝転がった。

今日セイさんと教会の話をして、少しだけ思い出した。

この国の住人は六歳になると全て洗礼式を受ける。御多分に漏《も》れず、俺も六歳になった年に貴族用の洗礼式に出た。貴族の洗礼式は王都で受ける。つまりセイさんが今行っている教会だ。

俺の家は王都まで馬車で往復四時間も掛かるので、幼かった俺が王都に行くのは初めてのことだった。

年の離れた兄と姉に王都はどんな所か、洗礼式ではどんなことをするのかを何度も何度も訊いて、すごくワクワクして父さんと母さんと一緒に王都に行って洗礼式を受けた。

そこで初めて王様も見た。

貴族の洗礼式は、洗礼式後に王宮で王様からのお言葉をいただくことになっている。もちろん、一人ずつなんかじゃない、皆一緒にだけど。社交界へのデビュタントは八歳からだけど、その洗礼式が事実上の貴族の子同士の初顔合わせでもある。

洗礼式で初めて国民の一人としての登録をされた後だから、大人の仲間入りをしたみたいな高揚感《こうようかん》があって、王宮の広さや豪華さにやたらと興奮した覚えがある。

初めて見た王様は、遠くからでよく見えなかったけど、髪の色が俺と一緒だなって思った。

その後、大広間に軽食が用意されて立食パーティーみたいな自由時間があって、親同士は挨拶《あいさつ》で忙しかったから、仲良くなった子達とお菓子を食べたり遊んだりしていた。大広間には当時俺が食べたことのないお菓子がたくさんあって、他の子達と「これなんだろ」「あれ知ってる」なんて言い合いながら食べていって、中でもサクサクの食感で中にトロっとした甘いルコットが入った焼き菓子がおいしくて夢中で食べていたらいきなりそれを誰かに取り上げられた。

驚いて見上げると、俺よりも少し年上っぽい銀髪の男の子がいて、俺を見下ろしていた。

「………お前、これが好きなのか？」

どう見てもうちよりも身分が高そうな家の子だったし、年上だったので、俺は返してほしいとは言えずにただ頷いた。銀髪の男の子は、ふうんとつまらなそうに言って、俺が食べてた焼き菓子を食べてしまった。

「ああっ！」

「あま……」

思わず悲鳴を上げたけど、男の子は構うことなく文句を言いながら全部食べてしまった。文句を言うなら返してくれればいいのに、って思ったけど言えなくて、そうこうしている間にテーブルにあったそのお菓子はなくなってしまっていてしょんぼりした。結局その男の子は、その後俺をじろじろ見た後、何も言わずに去ってしまった。

「なんだったんだろう、あのこ……」

「今の、第一王子様だよ」

一緒にいた子爵家の子が教えてくれて、遠くて見えなかったけどそう言えば王様の後ろに銀髪の少年がいたかもって思い出す。

「おうじさまって食いしんぼうのいじわるなんだなぁ」

思わず口からそんな言葉が漏れたけど、その後すぐに同じ焼き菓子が山盛りになっておかわりが出てきたのですぐに忘れた。

だからその日の夜、家に帰って父さんと母さんに俺の本当の父親と母親の話をされたときは本当に驚いたけど、正直「ふ～ん」って感想だった。

俺が本当は王様の子どもで、今日意地悪してきた銀髪の王子様が兄だって言われても、ピンとなんてくる訳がない。だって初めて会ったし、王様なんて顔も見えなかった。

知らされたからといって、何か変わるのかって訊いたら特に何も変わらなかった。

俺はあくまでも義父さんと義母《かあ》さんの子どもとして、王族に戻る訳ではなく臣下として仕えるのが決まっているだけだって教えてもらった、あ～良かった！　て思って普通に寝た。そんな思い出だ。

『報告書No．18
セイさんがまた職場に来ました。休みの日に仕事をするのは個人の自由だと言われましたけど、そうでしょうか？　俺は休みの日は休みたいです。

セイさんが俺のことを「良い部下」って言ってくれました！　そんなこと言ってくれたの初めてでめっちゃ嬉《うれ》しかったです！　ちゃんと仲良くなれてるんだなって感動しました。

　セイさんは経理課の仕事の後、魔導課に行きましたが、さらにその後殿下《でんか》と第二騎士団長に時間を浪費させられたと困っていました。ただでさえ多すぎるセイさんの仕事を増やさないようにお願いします。』


　次にセイさんが経理課に来たのは、やっぱり非番のはずの三日後だった。本気で休む気ないみたいだから、いい加減インドラーク騎士団長が遠征《えんせい》に出てしまう前にチクるべきかを考えたけど、今日は宰相閣下《かっか》への報告のために来たらしい。といっても、約束の時間までしっかり仕事をしていたし、さらに戻って来てからも再び仕事をしていた。

　新しく積まれた書類をキリの良い所まで何とか終わらせたけど、第二騎士団の報告書類を回収に行ったセイさんはまだ戻ってなかった。休みの日に出ているセイさんを放っておくのも悪いなって思ったから探しに行くことにした。

　各騎士団長の執務室は騎士団の修練所に近い方の棟にあるので意外と遠いんだよね。

　文官棟と違って人の気配の薄い廊下を見回しながら歩いていたら、柱の向こう側に茶色のマントが見えた。向かい側に緑のマントもチラッと見えたから、やっぱり第二騎士団のマコフスカー騎士団長に捕まってたのかな、って思って助け舟のつもりで大きめの声で手を振って呼びかけた。

「あ、セイさーん！　第二騎士団の予算報告書もらえました？　なかなか戻ってこないから、迎えに来たっスよ〜！　俺もセイさんに朝頼まれていた資料見つかったんスけど、セイさんの机に置いときましたからね」

　これでマコフスカー騎士団長もセイさんにも仕事があるって解放してくれるだろう。俺グッジョブじゃね？　とセイさんを見たら、セイさんは今にも死にそうに青い顔で、俺のことを射殺そうかっていう目で見てきた。え、何で？

「ほう……朝から、経理課にいたんだな……」

　お義父さん、柱の陰から魔王が出たよ。

『報告書Ｎｏ．19

今日のセイさんは。宰相閣下への経過報告でした。といっても、それ以外の時間は結局いつも通りずっと経理課で仕事をしていたんですが。

　そんでもって、それがついにインドラーク騎士団長にバレてしまいました。半分俺のせいなんですが、怒られると分かっていて仕事に来ているセイさんにも問題があると思います。

　インドラーク騎士団長は、セイさんを騎士団の修練場に連れて行ってしまい、セイさんは経理課には戻ってきませんでした。セイさんが回収していた第二騎士団の予算報告書は俺が経理課に持ち帰りました。』

　ついに瘴気浄化の遠征の日がやって来た。上手《うま》くいけば今回で此度《このたび》の瘴気が全て浄化されるってんで、国民は皆期待している。

でも俺は、それよりもインドラーク騎士団長がいない間にセイさんが無茶をしないかが心配だ。教会なんて結界の魔力なんかがあちこちにあって、魔力酔いするセイさんには危険な場所だ。そういえば教会にあるあの〝魔鉱石〟は魔素純度が高かったから、あんなものの近くに行ったらセイさんぶっ倒れると思うんだけど、大丈夫かな。

セイさんに聞いたところによると、例の騎士団員による暴行事件以降はインドラーク騎士団長に結界を張ってもらってるらしい。過保護〜……というなかれ。セイさんの体質、虚弱さに加え国へ対する貢献度を考えると、むしろそれは国側がやらなきゃならないことなんじゃないかなって思う。インドラーク騎士団長がセイさんを溺愛《できあい》しているのには違いないけどね。

そのインドラーク騎士団長がしばらく遠征でいないのだ。先日休日出勤がバレたから、セイさんがインドラーク騎士団長の見込み以上に仕事して疲れていることは分かっただろうから、対策はしてるとは思うんだけど。

でもまあ、遠征の終了前にはセイさんの教会出向も終わりだから大丈夫か。

な〜んて思った俺が甘かった。甘々だった。全然セイさんのことを分かってなかった。

「えっ？　セイさん戻ってこないんスか？　何で⁉」

予定していた一ヵ月が来ても、セイさんは戻ってこなかった。

「何でも教会の経理担当者が司教様と共に外に出ていたらしくてね、肝心《かんじん》の収支報告書がまだできていないらしいんですよ」

困り顔で答えてくれたのは、経理課管理官のヘルムートさん。とても優しい上司なんだけど、今では経理課の実権はほぼセイさんが握っちゃってて最近ちょっと影が薄い。

「え～、収支報告書の締切りってかなり前ですよね？　まったくやってなかったんスか？」

「う～ん、それがね、聖女様は最初に教会に行く予定だったのが王宮で取り込んだでしょう？　それが最近になって通いで教会に行くようになって色々と予定外なことが重なって、そっちにまで手が回らなかったようですよ」

えーでもそれって予想できたことだし、元々教会で受け入れる予定だったんだから仕事は増えてないと思うんスけど。大体王宮からの査察が入るっていってるのに、司教が留守にするの？　しかも経理担当者を連れて？

うわ～、やだなぁキナくさい。

あれ、そう言えばセイさんって教会と王都結界の関係を知らないよな？　あれって一応王族と教会の間での取り決めだし。

この間教会や政治について疎《うと》いっていってたときも、御神体《ごしんたい》の話も出なかったしね。

セイさんなら魔力提供についてもきちんと数字に起こせって言いそう。

『報告書Ｎｏ．20
瘴気浄化の遠征が始まってもセイさんは教会から戻ってきませんでした。
セイさんの健康管理をしていたインドラーク騎士団長が不在なのでセイさんの体が心配です。
約束の一ヵ月を過ぎているのに戻れないのは、教会側に問題があるようです。王宮からの査察の知らせは入っていたはずなのに、責任者が揃《そろ》って不在にしていたようです。セイさん以前に国がなめられてませんか？

教会の収支を明確にするという目的で今回の査察を行っているのならば、例の件もセイさんに伝えるべきだと思います。』


報告書を出した次の日、ヘルムートさんに呼び出された。

「これを君にと……」

渡されたのは、金色の封蝋《ふうろう》を押された手紙。

ありゃ、返事が来たぞ。

一人になった部屋で開くと、初めて見る几帳面《きちょうめん》そうな字が並んでいた。

『拝啓　ノルベルト＝バラーネク
貴殿よりの報告は毎度重宝している。

先日の報告書の内容についてだが、王族と教会の関係を考え、同意しかねる。

だが、責任者不在の件は宰相からも抗議を入れさせているので、今後それほど時間が掛かることはないだろう。

今後も勤勉に励むように』

名前はなかったが、王様からの直筆の手紙だった。初めて貰《もら》ってしまった。

「ハハハ、何だこれ」

親子の情とかそういうのは一切ないと思ってたけど、意外にも嬉しく感じちゃうもんなんだな〜。

「内容はともかく」

王様の意見は分かった。でもほら、俺ってちょっとばかしお喋《しゃべ》りで抜けてる所あるから。不可抗力は仕方ないっスよね。

『報告書No．21
先日は陛下《へいか》からのお言葉ありがとうございました。これからも臣下として勤《いそ》しむ所存です。
まずは浄化遠征の無事の完了にお喜び申し上げます。
なのに第三騎士団は戻らずに、現地から魔獣討伐《まじゅうとうばつ》に向かわれたと聞きました。セイさんは相変わらず休まず働いています。セイさんを止められるのはインドラーク騎士団長だけだし、セイさんの体を回復させられるのもインドラーク騎士団長だけなので本当に心配です。』

浄化は無事完了し、瘴気は全て消え失せた。

王都は聖女様万歳って大賑《おおにぎ》わいだけど、国一番の精鋭部隊である第三騎士団の姿はそこになかった。近隣で魔獣が観測されたのでそのまま討伐に行っちゃったらしい。

それが本業だとは分かってるけど、も〜何やってんだよインドラーク騎士団長！　って思ったね。セイさんが（セイさんにだけ）危険な場所で（自主的に）休まず働いてるってのに、傍《そば》にいないなんて、セイさんが心配じゃないのかな!?

いや、心配に決まってるのは分かってんだけど、俺じゃセイさんを止められないから、とにかくインドラーク騎士団長早く戻ってきてって祈るばかりっスよ。

そんでもってセイさんは今日も休日を利用して経理課で働いてるしも〜〜〜。

昼休憩になったので、魔導課に用事があるって出て行ったセイさんを食堂に誘おうと思って探してたら、マコフスカー騎士団長と王子殿下に拘束《こうそく》されそうになっているセイさんに遭遇《そうぐう》した。あれこれデジャブ？　つい先日もこんな場面ありましたよね？

そして前回と違い、今回は俺まで一緒に連行されちゃったッス。もう今度からセイさんに呼びかけるときは、周囲をよくよく観察しようと心に決めたッス。

王子殿下の私室の応接間に連行されたら、お菓子とお茶が出された。あ、これルコット入ってるやつだ。お茶も俺の好きな銘柄《めいがら》。こういうのどこで調べるのかなぁ、と思いつつも話をするのはセイさんだけだからお菓子を摘《つま》む。

すっかり育った銀髪の王子殿下を前にしても、セイさんは全然怯《ひる》んでいないし、むしろ普段よりも気を抜いて見えるくらいだ。セイさん、一応この人第一王位継承者なんだけど？

でもその第一王位継承者の口から出てくるのは、聖女様の、しかも個人的な話ばかりでなるほどセイさんが面倒な態度を隠しもしないはずだと納得した。と思ったら、突然セイさんの淀《よど》んだ目が、光って見えた。いや、比喩《ひゆ》なんだけど、まるで獲物を見つけたかのような……。

「セイさん……？　何かよからぬことを企《たくら》んで……」

俺の声をまるっと無視して、セイさんがいきなり聖女様主催の身寄りのない子どもや庶民向けの教育施設の構想を語り出した。いや何また仕事増やしてんのこの人!?　過労って知らないの!?

「さすがユアだ……何という素晴らしい案だ!!」

「さすがは聖女様ですね。貧しい子どものみならず、国全体のことを考えられておられる……っ！」

殿下も第二騎士団長も疑うことなく、感銘《かんめい》を受けているけど、そんな多方向に配慮した詳しい構想、絶対聖女様じゃないっしょ。

「それ本当に聖女様が考えたんスか？　その隙《すき》のない理詰めな感じセイさんがふっ!!」

言いかけたらノールックでお菓子を口に詰められて、黙らされたっス。セイさんって普段大人しそうなのに、たまにこうやって力業《ちからわざ》に出ることがあるんだよな。

「!?　お前何を……っ」

おっと、王族護衛のマコフスカー騎士団長がいきり立ってしまった。

「私の分の菓子も欲しいと言うのであげただけですが」

さすがセイさん、どう見てもおかしいことを何でもないことのように言うことにかけては、右に出る者はいないんじゃないかな、と思いながら口に突っ込まれたお菓子を頬張《ほおば》る。あ、ちょっとベイルの甘酸《あまず》っぱさも入っててこれもおいしいなぁ。

「しかしユアもそんな案があるのならば、こんな小者ではなく私に言えば良かったものの……」

「殿下へは企画がきちんと決まってからお話しする予定だったのでしょう。ですが聡明な殿下が先に気付き、聖女様の希望を叶《かな》える形で支援を申し出れば……」

「!!」

一方では、セイさんがさらに殿下を口先で丸め込んでいます。

「そうか！　そうだな！　いや、本当に俺も同じようなことを考えていた！　ユアと俺は気が合うな!!」

興奮して一人称が『俺』になってるっス、殿下。

「そうですね。あ、あと支援は国庫からではなく、殿下の私財から申し出ればさらに殿下個人のお考えであることが強調され、男らしいと思われますよ。私の世界ではそうでした」

「おおそうか！　いや、俺もそうしようと思っていた！　早速ユアに話してこよう！」

バタバタと出ていく忙《せわ》しない殿下を、第二騎士団の騎士が慌てて追いかけていく。

「…………セイさん、上手いことといって、国庫予算からじゃなくて殿下のお金で計画を進めるつもりスか……」

「国の予算は今は瘴気結界を中心に支出が多い。魔導課の予算増加もあるし、聖女予算の使い込みの補塡がようやく終わった所で余裕はあまりないんだ」

もうロマーニ国の財政はセイさんなしでは回らなくなってないっスかこれ？　大丈夫祖国？

殿下もいなくなってしまったので早々に俺達は解放された。先に俺だけ外に出されて、セイさんはマコフスカー騎士団長と少し話していたけど、出てきたときには包みを持っていて、それを俺にポイと投げた。カサって音と、軽さで中身がさっきの焼き菓子だと分かる。

「わっと、セイさんこれ仮にも殿下から下賜《かし》された物ッスよ」

笑って言ったら、セイさんはちょっと意外そうな顔をして口を開いた。

「お前はどうも思わないのか？」

現王と身分の低い愛妾《あいしょう》の子で、養子に出された自分と、第一王位継承者として皆の前に立つ実の兄。

「強《し》いて言うなら、うちの親族って俺のこと食い物で釣《つ》る傾向にあるなってことスかね」

「？　コレ以外にもあるのか」

「あったスあったス」

あれ以来、晩餐会《ばんさんかい》なんかには絶対パシヴァーユが出るようになった。殿下とも会うたびにこの菓子を渡されている。俺もう成人してるのにねぇ。

「まぁ貴族間じゃよくある話っスよ」

「そんなもんか」

「そう言えば、ノルベルトも洗礼を受けたんだろ？　御神体って見たことあるか？」

「ああ、御神体。あるっスよ、あの魔鉱石が入った像っしょ？」

セイさんも御神体の存在は知っていたらしい。

「あれって魔力を……」

「吸収するやつッスよね」

窺《うかが》うようなセイさんに、俺は軽く答えた。

「周知なのか？」

「おっと。あ、やばいコレひみつでした」

「おい」

眉を顰《ひそ》めるセイさんに、俺はへらっと笑って見せた。

「えへ、まぁセイさんならいいっしょ」

うっかりうっかり。まぁでも言っちゃったものは仕方ないっスよね？

セイさんなら、上手に使ってくれるでしょう？

セイさんは小さくため息を吐いてから、場所の移動を指示してきたので俺は大人しく付いて行った。

『報告書Ｎｏ．22
セイさんが今度は教会主体で身寄りのない子どもや庶民相手に教育施設を作ると言い始めました。

聖女様主体で、ユーリウス殿下も支援される予定です。

詳しいことは宰相閣下から話が行くと思いますが、俺が聞く範囲ではセイさんらしい、隙のない計画内容だったのでおそらく何も問題なく進むと思われます。

ただ正直いって、セイさんの仕事が多すぎます。教育施設も聖女様と殿下が進めると言いつつセイさんが裏方を全部引き受けています。早急に対処をお願いします。』


王都防衛結界のことは言わず、セイさんのオーバーワークのこと中心の報告書を書いた。

いい加減、上もセイさんの重要性には気付いているだろうとは思うけど、ほっといたら勝手に働いて勝手に死んじゃうって絶対。無理やりにでも仕事を取り上げなきゃならないけど、それが至難の業なんだよね。早くしないと本当にセイさんやばいから。

そして俺の悪い予感はバッチリ的中した。

「セイさんが入院んん!?」

出勤してすぐにヘルムートさんから聞かされた衝撃の事実に、一も二もなく飛び出そうとしたけど、セイさんは医局でまだ意識が戻っていないらしい。

でもインドラーク騎士団長が間一髪《かんいっぱつ》間に合って治療《ちりょう》は施《ほど》された後で、あとは体力の回復待ちだとか。

「よ……良かったッス………」

セイさんは本当に、ほっとくと何しでかすか分からなくて、すごく弱くて、目を離した隙に死にかけてしまうんだから。あんなに近くにいたのに、また俺はセイさんを助けられなかったんだなって思ったけど、とりあえずの無事とインドラーク騎士団長の帰還にホッとしてへたり込んでしまった。

ひとまずは、インドラーク騎士団長がいるなら安心だ。

セイさんのお見舞いへの許可が出たのは、翌日だった。許可って言うか、医局の人からの伝言で仕事の書類を持って来いと本人から催促《さいそく》されたのだ。死にかけたのに、何言ってんのあの人。

そう思いながらも目が覚めたなら良かったとお見舞いに行こうとしたら、課の皆から見舞い品を渡された。

「やっぱ早く元気になって戻ってきてほしいからさ、言っといてくれよ」

セイさんは俺以外の経理課の人とはあんまり喋らないし、嫌われてるみたいだけど、そんなことはないと俺は思う。だってあんなにバリバリ仕事できちゃう上司なんて、カッコイイに決まってるじゃん。

「それはもういいから、早く頼んでいた書類を寄越せ」

……うん、やっぱり仕事はほどほどの方がいいかな。

セイさんは顔色は悪いけどちゃんと上体を起こしてたし口も相変わらず達者だ。明後日《あさって》には退院できるそうだ。

他から聞いた話だけど、今回のセイさんの入院は例の〝魔力奉納〟時の魔力の暴発らしい。

正確には、それを防ごうとして張った司祭様の結界の魔力にセイさんが酔っちゃったらしい。

教会にいる身寄りのない子ども達の魔力だと聞いたけど、まだ魔力コントロールが上手くいかない子どもの魔力奉納には教会の者が立ち会って指示するはずだ。

『報告書Ｎｏ．23
セイさんが入院しました。こういった報告書を二度に渡り出すことになるのは、俺自身がセイさんを守れなかったことを含めて残念です。
今回のことは、救済院の子どもの魔力奉納の失敗であったと聞きましたが、まずありえないことだと思います。教会の指示者に問題はなかったのでしょうか。調査をお願いします。』

セイさんが退院すると同時に、経理課に戻ってきた！

まぁ週二で出勤していたから久しぶりって訳じゃないけど、それでもやっぱり経理課に入るとセイさんが既にバリバリ仕事してるって光景を見るのは嬉しい。え、俺が来るのが遅いって？　いや、セイさんが早すぎるんスよ。

でもって、恒例のインドラーク騎士団長のお昼のお迎えだ。

「セイイチロウ！　火の時間はとっくに始まっているぞ！　昼食はどうした、早くしろ」

低くよく通る声と乱暴な足音を立ててインドラーク騎士団長様のご登場だ。

昼食を既に終えてダラダラしていた数名と、セイさんのキリが付くのを待っていた俺と、仕事に集中していたセイさんの視線が彼一人に向けられた。

「セイイチロウ、昼の鐘《かね》は聴こえていたな？　それで、何をしている」

ああ、そうだった。インドラーク騎士団長が戻って来たんだから、休日出勤のときと違って昼は一緒にできないのかと思い出す。変わらぬ風景が戻ってきたのだ……と思ったら、

「すみません、久しぶりで仕事に集中しすぎていました。行きましょう、アレシュさん」

「!?」

さん付け!?　基本的に人に対して壁と距離を作って丁寧《ていねい》で武装するセイさんが、騎士団長で侯爵家《こうしゃくけ》のインドラーク騎士団長にさん付けをした!?

(ええ〜これデキたじゃん。絶対デキたじゃん)

「じゃ、じゃあ俺は外にでもご飯食べに行くっスかね〜」

前からそうだったけど、完全におじゃま虫なオレはそそくさと逃げようとしたが、セイさんに首根っこを掴《つか》まれた。

「何言ってるんだ、お前も来い」

(何でセイさんこういう空気は読まないの!?　仕事に関する勘はめちゃくちゃいいのに、何な

の？　朴念仁《ぼくねんじん》なの？　てゆーか俺を巻き込まないでほしいんスけど!?）

そして食堂に着くなり、

「私もご一緒して良いかね？」

さらにこんな所にいるはずのない人物の声がした。

見上げる先には、ローズブロンドに青いマント。

ロマーニ王国法務最高権力者のカミル＝カルヴァダが笑みを浮かべていた。

「あああまたこのパターン……」

聖女様との胃が痛くなるランチ会トラウマ再びじゃないっスか。俺絶対関係ないのに～。

食堂内の人が結界でも張ってあるのかってくらい遠巻きにしていて、半径五メートルは無人のこの状態。俺もあっちに行きたいっス。

「教会からの収支報告書に不備はなかったようだな」

「はい。……報告書としましては」

「君が以前言っていた件の報告書も受け取った。ご苦労だったね」

こっちは多分横領《おうりょう》の方の報告書だなぁと思いながら、パシヴァーユを頰張る。

「ようやく瘴気も抑えられ、落ち着きたいところだが、私もこれを放っておく訳にはいかないのが現状だ。あと魔力がどうのと言っていたね？　その件も使えるのだろう？」

宰相の言葉が、セイさんに教会に首輪をつけるのを手伝えと言っているのは分かった。いやもうセイさんの仕事これ以上増やさないでくださいって言ったじゃないスか王様。

「勘弁してください。宗教法人は色々と扱いが難しいじゃないですか。政治的なあれこれを私に求められても困ります」

管轄《かんかつ》が違う、とセイさんが肩をすくめて見せた。良かった、セイさんもちゃんと仕事を断れるんだ！　と俺が感動したのもつかの間、

「礼拝帳に載っていた貴族で寄付をしていないとされる方への確認と去年の経理課の資料と照らし合わせて具体的数字にしてまとめた物を作成しましたので、あとで提出いたします。せっかくの寄付金を少なく見積もられたり、名前を消されていた貴族の方はさぞかしお嘆《なげ》きだと思いますので、そちらのお話は法務部でお願いできますか？　それから、特別礼拝による魔力の件ですが現在魔導課で結界に必要な魔力と合わせ、数値化できる装置を作成中ですので、近日中に作成して提出いたします。また、魔力を使う道具の使用を多く行っている業者への確認も遂行中ですので、こちらも形になり次第お渡しできるはずです」

いやめちゃくちゃ働いてるじゃないスか！

全然断ってない！　むしろ先に仕事しちゃってる！

入院してた人が何で仕事してんの!?　お願いだから休んでよぉ!!

確かにセイさんに言われて、王都の結界については魔導課の人に色々便宜《べんぎ》を図ったけど、仕事早すぎぃ。

「ああ、良いよ。本当に素晴らしいね、セーイチロー。そこの黒い獣《けもの》に飽《あ》きたら、ぜひ声を掛けてくれ」

そしたら宰相が見たことないような顔で笑い、聞いたことのないような甘い声を出すので、目ん玉飛び出るかと思った。さらに近距離からどす黒いオーラを立ち昇らせるロマーニ王国最

強の騎士団長が目に入って超怖い。

「お戯《たわむ》れを」

セイさんは短く話を切ろうとしたけど、宰相の視線は揺るがなかった。思いのほか真剣な色で、ひたとセイさんを捉《とら》えて言葉を続けた

「お前の冷静さと仕事へ距離を置く姿勢を私は気に入っているから思うのだが、今回はとても乗っているね？」

確かにセイさんは正直、国のためになんて働く気はさらさらないことは明らかだ。

ただ自分が仕事をしやすいようにと、元の世界に戻ることに対する労力は厭《いと》わない。

今回の教会関連のことは、セイさんのこだわるその二点にはどちらも属していなかった。

「そうですね、私もさすがに意図的に命を狙《ねら》われたとあっては徹底的にやり遂《と》げたい気持ちになります」

セイさんのその言葉を聞いて、一瞬心臓がヒヤッとなった。やはり、魔力暴発は偶然なんかじゃなかったか。

腹の底から湧き上がってくる感情を表に出す前に、斜め前の黒い獣が爆発したけど。

『報告書No．24

今回の件は、教会の寄付金横領と魔力横領。そして異教徒によるアブラーン教の衰退《すいたい》を目的としたものでした。

司祭様も言ってたけど、セイさんもアブラーン教による召喚で喚ばれたんだし、今現在国へ

もたらした影響は計り知れない使徒であると俺も思います。何度も言いますが、もっと手厚い保護をすべきです。

また、王都結界を王族と教会で秘匿《ひとく》していたことも今回の原因の一つであると思います。セイさんが細かな数値まで出さなかったら、国民の魔力が無駄《むだ》に使われて、さらにその魔力によって国に被害をもたらす所でした。

資源に関しては明確に提示すべきと思います。ご検討ください。

あ、あとセイさんの仕事を減らす意味でも、教会教室で週一で計算の教師をすることになりました。経理課ではなかなか役に立てないけど、少しでもセイさんの負担が減らせたらなと思います。

　次代の国を担う子ども達のためにも、頑張ります。』

「よし」

　書き終えたばかりの報告書を封筒に入れる。

　あれから、宰相に騎士団長、王子殿下と聖女まで巻き込んで、セイさんは見事教会の悪事と自分の命を狙った異教徒を暴いてみせた。

　異教徒の目的は、奉納された魔力をちょろまかして自分の入ってる宗教に使うことと、アブラーン教の召喚で喚ばれた聖女様とセイさんの抹殺《まっさつ》だった。つまりセイさんは敵の懐《ふところ》に自分から入って行っていたのだ。何て命令してくれてんだ宰相、と思ったけど、セイさんが行かなかったら、きっと聖女様が狙われていたし、無事だったかどうかも分からない。

その聖女様の聖女パワーで、爆弾魔導具は封じ込めたらしいスけど。

「それじゃあヘルムートさん、行ってきます」

「ああ、気を付けてね」

セイさんが資料の束を持って立ち上がるのが見えて、慌てて俺も立ち上がった。

「わわっもう行くんスか!? 待ってくださいよ～」

「十分前行動が基本だろう。早くしろ」

全然待ってくれないセイさんに慌てて広げていた資料を抱えて追いかける。

「あ、コンドウの兄ちゃんにノルベルトさん。こんにちは」

「シグマくん」

廊下で偶然会ったのは、セイさんと初めて市に出たときに会った木工見習だった下町の少年、シグマくんだ。今日はあのときよりもきれいめなシャツとズボンで、キッチリとして見える。

「今日もイストさんに呼ばれたんですか？」

「はい、魔力がいっぱいある内に実験しまくろうって」

「ほどほどにしてくださいね。あとこれから私塾に向かうのですが、一緒に行きますか？」

シグマくんは宮廷魔導課の人と今回の騒動でかなめとなった魔導具の製作に携わった功績が認められ、正式に宮廷魔導課への出入りが許されたらしい。といっても、まだ簡単な読み書きくらいしかできないし未就学だからこれからなんだけどね。

「あ、近藤さん、ノルベルトくん。いらっしゃい」

救済院を訪れると、聖女様が笑顔で迎えてくれた。

「ユア」

「ユーリ様」

聖女様と王太子による教会教室の査察と称して頻繁《ひんぱん》に顔を出す殿下と、意外にも上手くいっているようだ。まぁひとまずは、良かった良かった、かな？

そう思いながらカップルを生暖かく見ていると、こっちでは勧誘が始まっていた。

「コンドゥ……お前殿下付きの官吏になるつもりはないか？」

「御冗談を」

「いや、本気なんだが………」

王子の護衛として来ていたマコフスカー第二騎士団団長が、熱心にセイさんを口説《くど》いていた。

セイさんってば優秀過ぎて、どこに行っても立派に仕事できちゃいそうだもんな。

セイさんとそれぞれ授業の準備をしていたら、セイさんの方に若草色の頭の美少年が寄って行った。恰好《かっこう》からいって、修道士見習いかな。

「……お前、忙しいんじゃないのかよ」

「忙しいですよ。だから週一の計算の授業は、部下に引き継ぐことになりました」

「えっ！」

セイさんに呼ばれて自己紹介したら、少年は口を真一文字に結んで下を向いてしまった。

「……ノルベルト、お前何かしたのか？」

「えっ、いやいや初対面スから！　何かしたとしたらセイさんっしょ！　てゆーか、これは……」

　これどう見てもセイさんに懐《なつ》いてて、寂しがってるんでしょ！

　消え入りそうな声でもう来ないのかって問われ、セイさんはちょくちょく来るって答えたら一瞬笑顔になって、またしかめっ面を作っていた。わ、分かりやす……。

　てゆーかセイさん！　まだ仕事する気なんスか!?

「セイさんって、本当どこ行ってもモテるっスよね」

「は？」

　授業の最後の打ち合わせをしているときに正直な感想を言ったら「何言ってんだお前」って怪《け》訝《げん》そうな顔をされた。だから何で仕事以外の観察力死んでんスか。

　インドラーク騎士団長は言うに及ばず、宰相閣下は仕事の勧誘と共にプライベートの方も狙っているし、例の司祭様はセイさんを「素晴らしい使徒様」とお熱だし、王子殿下も聖女様も、すっかりセイさんの手のひらで転がされている。

　いやマジで、セイさんが本気になったらこの国取れるんじゃねーの？　って思った。

　ああ、報告書はまだ封をしてなかったから、後で一文加えておこっと。

『やっぱりセイさんは、いろんな意味でマジでパネェと思いました。』

「誠一郎からの手紙」

拝啓　アレシュ＝インドラーク　様

お便りありがとうございました。

そして、浄化《じょうか》完了おめでとうございます。これもひとえに、アレシュ様をはじめとする第三騎士団の御活躍あってのことと存じ上げます。

その後、近隣の魔獣討伐《まじゅうとうばつ》に出られたと聞きました。近隣の村での補給をしてからとはいえ、連戦になりますのでお疲れの出ませんようにご自愛ください。

浄化が完了したとの事で、こちらでも結界事業の進行準備をしておきます。

無事の御帰還、お待ちしております。

敬具

拝啓　アレシュ＝インドラーク　様

お便りありがとうございました。しかし国家の転移陣を使っておりますので、便りは頻繁《ひんぱん》でなくともよろしいかと存じます。

そちらは山間なので、王都よりも寒いと聞きました。第一回目の遠征《えんせい》にご同行させていただいたときはさほど感じませんでしたが、あれから季節も巡り気温も下がっていることでしょう。王都内でも朝晩は肌寒いと感じるようになりました。何か必要と感じる物はございませんでしょうか。結界施設の設備の参考にします。

私の方は問題なく業務にあたっております。司祭様は好意的にお話ししてくださいます。経理担当の方も書類の作成にはきちんと対応してくださっています。何も問題ありません。

どうかお体をご自愛ください。

敬具

拝啓　アレシュ＝インドラーク様

お便りありがとうございます。こちらは王宮の使者の方と顔見知りになりつつあり、大変気まずいです。私への説教でしたら毎日は送られずとも、きちんとしておりますから。

討伐内容の方は本来の報告書類で拝見しておりますが、アレシュ様ご自身の方はいかがでしょうか。連戦となっておりますが、お疲れは出ておりませんか？　騎士団長というお立場で難しいとは思いますが、休息を十分に取るように心掛けてください。

先日教会で帰還した白石《しらいし》さんともお会いし、アレシュ様のご活躍も聞きました。魔獣は大型で凶暴な種だそうですね。重ねて、お気を付けください。

白石さんとはその後、教会で開く学習塾の話をしました。白石さんの提案で、救済院の子や学校に行けない街の子ども達に簡単な教育を施《ほどこ》す計画をしています。あくまでも計画は白石さんが主体ですので、私はその手伝い程度です。市民の教育レベルが上がれば、次世代の官吏《かんり》達の質も今以上に上がることでしょう。

まずは無事のお帰りをお待ちしております。

敬具

拝啓　アレシュ＝インドラーク様

お便りありがとうございます。王宮からの使者の方が昨日までは苛立《いらだ》ち気味でしたが、今日はもはや諦《あきら》めの表情になっていました。何度も書きますが、毎日送ってくる必要はないですよ。

再三注意をされていますので、私の方は体調に気を付けております。屋敷の皆さんにもよくしていただいているので、元気に働いています。

先日、教会内の花苑《かえん》に行く機会がありました。先々代の聖女が作ったものらしいです。私の故郷とは少し色合いの違う花がいくつかあって興味深かったです。どちらの世界でも花が人の心を癒《いや》すには違いないのですね。

アレシュ様のお側《そば》に癒しとなる物があると良いのですが。お体に気を付けてください。

お帰りをお待ちしております。

敬具

拝啓　アレシュ＝インドラーク様

お便りありがとうございます。

先日書きました教会私塾《しじゅく》の件ですが、王太子殿下《でんか》の支援を受けられそうです。むしろ王太子殿下と聖女の二人が立ち上げた企画とした方が貴族の支援も集められそうですし、市民への感触も良いでしょう。殿下がとても乗り気でいらっしゃって助かります。

アレシュ様は討伐に向かわれて今日で七日目となりますが、まだ討伐の終了の目途《めど》は立っておりませんでしょうか。範囲を広げて他の魔獣も制圧されるとのことでしたが、何も全て討伐せずとも、これからも結界施設建設などで何度も騎士団の方は魔の森に向かうのですから、当面の危険をしのぐ程度で良いのではありませんでしょうか。

私は詳しくありませんが、魔力というのは回復に時間が掛かるとヴァルトムさんやイストさんから聞きました。アレシュ様は既に護衛の遠征とその前に私の結界にも魔力を割いていらっしゃるので、お体に障《さわ》りませんでしょうか。少し心配です。

お早いお帰りを心よりお待ちしております。

敬具

あとがき

ウェブ版から読んでいただいている方も書籍版からの方も、お手に取ってくださりありがとうございます。まさかまさかの二巻です。

これもひとえに、前巻を買ってくださった皆さまのおかげです。ありがとうございます。

遅筆なため大変お待たせしてしまいました。


一巻では感情が凍《こお》っているんじゃないかと心配された誠一郎《せいいちろう》ですが、今巻では大分人間らしくなったのではないでしょうか。相変わらずの仕事人間ではありますが。

前巻は突然の異世界で、自分の立ち位置の危うさに常に緊張状態にあったというのもあるのですが、努力の甲斐《かい》あって地位を確立し、一部の人は味方であると認識したので大分表情も柔らかくなりました。これもアレシュの尽《つ》くし愛のおかげですね。

一方のアレシュですが、一巻では散々出番が少ないと言われてきましたが、二巻では………すみません、相変わらずです。

なかなかＢＬで相手の人と「久しぶりに会った！」と喜ばれる作品はないですが……あれですね。会えない時間が愛を育てる的な。多分そんな感じです。仕事メインで誠一郎が忘れがちな訳ではないです。

また、ウェブ上ではコミカライズも始まっております。

これもまた、まさかの出来事です。編集さんから聞いた時は、何言っているんだろうと思いながら「あ、はい」みたいな返事をした覚えがあるので、多分「何だコイツ」と思われていたことでしょう。

作画担当の采《いろどり》和輝《かずき》先生が毎回、話も絵もとても丁寧に描いてくださって、感動しながら読んでいます。小説にはない表現にも痺《しび》れますので、未読の方はぜひぜひ読んでみてください。序盤《じょばん》の全然絡《から》んでいないときの、アレシュと誠一郎が視線だけを合わせる表現とか、昂《たか》ぶりますから。

あと小説挿絵《さしえ》では登場していないキャラを描かれているのも楽しいです。

挿絵といえば、二巻の挿絵も大橋《おおはし》キッカ先生に描いていただけましたこと、この場を借りてお礼申し上げます。

大橋先生の繊細《せんさい》で個性溢《あふ》れるキャラクター達をまた堪能《たんのう》できるなんて夢みたいです。

二巻の新キャラであるシーグヴォルドとセリオも見事にイメージ通りで素敵でした。

シーグヴォルドの真面目《まじめ》でお育ちの良さそうな感じが良く出ています。あと神父服ってエロいですね！

あと皆様ご待望のラブラブ絵が素晴らしいです。ご褒美《ほうび》です。

最後になりましたが、この本の出版、発売に尽力くださったＫＡＤＯＫＡＷＡ様、編集様、大橋先生、装丁や校正の方々、印刷所様、書店様など、全ての皆様に御礼申し上げます。

また、機会があったらお会いしましょう。

八月八《やつきわかつ》・拝

本書は「ムーンライトノベルズ」(http://mnlt.syosetu.com/top/top/)に
掲載していたものを加筆・改稿したものです。

●ファンレターの宛先
〒102-8177　東京都千代田区富士見 2-13-3　戦略書籍編集部

異《い》世《せ》界《かい》の沙《さ》汰《た》は社《しや》畜《ちく》次《し》第《だい》2

教《きよう》会《かい》運《うん》営《えい》支《し》援《えん》計《けい》画《かく》

八《や》月《つき》　八《わかつ》

イラスト／**大《おお》橋《はし》キッカ**

2020年 7月31日　　初刷発行
2023年 6月30日　第9刷発行

発行者　山下直久
発行　株式会社KADOKAWA
〒102-8177　東京都千代田区富士見2-13-3
（ナビダイヤル）0570-002-301
デザイン　SAVA DESIGN
印刷・製本　凸版印刷株式会社

■お問い合わせ
https://www.kadokawa.co.jp/（「お問い合わせ」へお進みください）
※内容によっては、お答えできない場合があります。
※サポートは日本国内のみとさせていただきます。
※Japanese text only

ISBN978-4-04-736204-8　C0093 Printed in Japan
定価はカバーに表示してあります。